大变局

对话中国热点问题
DISCUSSING THE HOT-SPOT ISSUES IN CHINA

新京报 / 编

THE
CHANGING
TIMES

中央编译出版社
CCTP　Central Compilation & Translation Press

图书在版编目（CIP）数据

大变局：对话中国热点问题 / 新京报 编．
——北京：中央编译出版社，2015.3
ISBN 978-7-5117-2558-5

Ⅰ．①大… Ⅱ．①新… Ⅲ．①访问记－作品集－中国－当代 Ⅳ．① I253

中国版本图书馆 CIP 数据核字(2015)第 031402 号

大变局——对话中国热点问题

出 版 人：	刘明清
出版统筹：	贾宇琰
责任编辑：	杜永明
责任印制：	尹 珺
出版发行：	中央编译出版社
地　　址：	北京西城区车公庄大街乙5号鸿儒大厦B座（100044）
电　　话：	（010）52612345（总编室）　（010）52612341（编辑室）
	（010）52612316（发行部）　（010）52612315（网络销售）
	（010）52612346（馆配部）　（010）66509618（读者服务部）
网　　址：	www.cctpbook.com
经　　销：	全国新华书店
印　　刷：	北京金瀑印刷有限责任公司
开　　本：	787毫米×1092毫米　1/16
字　　数：	258千字
印　　张：	17
版　　次：	2015年3月第1版第1次印刷
定　　价：	48.00元
网　　址：	www.cctphome.com　邮箱：cctp@cctphome.com
新浪微博：	@中央编译出版社　微信：中央编译出版社（ID:cctphome）

本社常年法律顾问：北京市吴栾赵阎律师事务所律师　闫军　梁勤
凡有印装质量问题，本社负责调换。电话：010-66509618

前　言

时光荏苒，岁月如梭。回顾总是不易，从过去的脚印中探寻出未来的方向更难。在过去的一年中，"改变"或许也是很多人最直观的感受。

很多人说，传统媒体的生存环境无可避免地恶化，但人们对"好媒体"的需求始终存在，提供有价值内容的目标从未改变。所以，好的更需要"改变"，我们适应"改变"，只为了更美好的未来。

很多领域都是如此，旧秩序消融，新规则萌生，价值观重塑，分歧散布于族群之间、新旧之间、你我之间。对未来的忧虑，很多时候不是源于对目标的迷失，而是脚下的踌躇，行为边界的模糊。

大变局时代，人们更需要明确的基本底线和共同价值，而这一切的前提，则是尊重多元、平等对话。

越是需要攻坚克难的领域，越是需要一场"真心话大冒险"。我们是彼此的问题，我们也是彼此的答案。

我们选择了他们——在"改变"中活得开敞、真实、努力的人们。我们一起围坐，试图用对谈廓清疑惑，寻求答案。

目 录

前言

改革：难点、重点和突破点 1

  苹果落下的地方，离苹果树不远了。
  发现继续推进改革的重点、难点和突破点，并找出对策，许多人在探索着。
  总处于攻坚阶段，或将耗散人们对改革的厚望和热情。

胡德平
  贪腐高官与党是对抗性矛盾 3
胡德平
  特殊利益集团是改革最大阻力 9
周瑞金
  推进依法治国是政治体制改革突破口 13
傅高义
  中国改革的成功 符合全世界人民利益 17

反腐：把权力关进法治笼子 21

  权钱交易、权色交易、权权交易，一环更胜一环。
  而真正的法治，可以阻断这个链条？！
  因为，法治是个好"东东"。

江 平
  对于公权 "法无授权不可为" 23

刘仁文
　　死刑改革步伐超出想象..........27
李永忠
　　制度反腐 打苍蝇更要填粪坑..........31
杨维骏
　　应该让官员没有权力去腐败..........35
马怀德
　　清理反腐"法外之地"..........39

司法：依法办案与依权办案..........43

　　冤判、冤案、冤情，令人心颤。
　　背后，是权力和法治在博弈。

陈光中＆刘仕毕
　　司法改革方向有了但路要一步步走..........46
张　飚
　　疑罪从无就是正义..........54
念　斌
　　希望对枉法者追责..........56
汤　计
　　有一种动力让我坚持到底..........59

行政：反四风官不聊生？..........73

　　公务员群体的心态，从公车改革这个窗口，即可看出。
　　从一呼百应到平常身份，确实有个转变和适应的过程。
　　政治改革，是官不聊生，还是官民共福？

叶　青
　　公车改革难点在地方..........76

马建华
　　既坐车又拿钱最可怕..................78
胡木英
　　革命后代要全力支持反腐..............81
陆　群
　　不能用形式主义反对形式主义..........85

地域："城市脖"与脸谱化..................89

　　从农村到城镇，从小城市到大城市、特大城市。
　　为什么迁徙、游走和脸谱化？
　　它的背后，反映了什么样的地域差异和问题？

高岩&杨开忠
　　京津冀协同发展不是迁都而是展都......92
帕尔哈提&库尔班江
　　把"新疆"两字拿掉 我们是相同的......98
廖信忠&蔡博艺
　　台湾"小确幸" 大陆很匆忙............106

文化：真文化与假文化....................113

　　文化产业化后，真文化变成假文化，文化领域出现掺假、泡沫、媚俗等乱象……
　　当真正的努力变成"射向大海的箭"时，仍然有人在求解、破题！

冯骥才
　　文艺工作者不能陷在市场里............115
贾平凹
　　跨代对话 小生问《老生》............119

麦 家
　　　媚俗是最可怕的敌人..................123
钱理群
　　　为了完善自我的告别..................127
杜维明
　　　儒学要开放、多元、自省..................135
宋立林
　　　把儒学"请"回乡村..................139

经济："新"在哪里，"常"在何处..................149

　　　GDP减速，生产过剩，经济下行，收入下滑……
　　　"新"的机遇和出路在哪里？
　　　"常"的东西是什么？

厉以宁
　　　新常态意在结构合理化..................151
李稻葵
　　　经济新常态不是经济减速..................159
黄益平
　　　反腐可提升经济效率..................165
潘　刚
　　　国际化是中国乳企新常态..................173
刘永行
　　　放开竞争 苦难行业也能淘金..................177
辜胜阻
　　　中国第四次创业浪潮正在形成..................181

生活：大雾霾与小小康..................187

　　　雾霾、假公益、转基因食品等的出现，刺痛了走向小康的人心。

蓦然回首，生活原来不在别处，在此处！

侯琰霖&徐怀亮
  我们不要戴口罩 也不要只喊口号..............190
马 可&林怀民
  有一种力量叫物极必反..............198
曹德旺
  别叫我首善..............207
褚时健
  我一辈子都要干事情..............217

未来：面对面看不见你..............221

对互联网创业英雄的推崇，反映的是互联网从泡沫、烧钱变成了"万人迷"、颠覆传统行业利器的现实。

一切，都在转型。

转型不是跳槽、转行，而是什么？

蔡洪平
  中国需要更多的任正非和雷军..............223
张近东
  不放弃过去 明天无法成功..............229
董明珠
  不锻炼 再打针吃药也难逃死亡..............233
郭 列&林承仁
  移动互联网创业：萌萌达与躲猫猫..............238
王跃春&陈菊红
  新闻人 一切皆有可能..............244
赛先生&果壳网
  "中庸文化"对科学界有害..............252

改革：难点、重点和突破点

1991年，周瑞金以"皇甫平"为笔名，宣扬改革开放，引发思想交锋。2014年，他以"皇甫欣平"为笔名，表达对改革的欣喜。

胡德平是胡耀邦之子，一直为改革谏言，希望国家能够保证公民广泛的权利和自由。

傅高义，哈佛大学费正清东亚研究中心前主任，社会学家，《邓小平时代》的作者，长期关注和研究中国改革开放。

三位长者都是中国改革的长期观察者，对当下继续推进改革的重点、难点以及突破口，各有洞见也有共识。

胡德平

曾任中央统战部副部长、全国工商联党组书记，中共中央原总书记胡耀邦长子，近年来多次为深化改革撰文、发声。

（图／王贵彬）

当前的反腐斗争和群众路线、教育实践活动是十分必要的，也是解决党内两种矛盾的有效途径。群众路线教育实践活动、反腐斗争具体布置和运作上有战略与战役、长期与阶段之分，但最终还是要看依宪执政、依法行政、公民的公民权的目标实现没有；防腐廉政的制度、体制、机制建立起来没有。

贪腐高官与党是对抗性矛盾
——从耀邦同志论党内两种矛盾说起

大好形势下党内滋生的消极现象

1986年4月9日，耀邦同志在"端正党风工作座谈会"上讲到："我们现在有些党组织，包括某些高级党委，谈不上有什么健康的政治生活，关系学盛行，政治空气淡薄。或者说，低级的庸俗的气味太多，政治的原则的空气太少。"

今天我国不管是肯定、拥护改革事业的人，还是否定、反对改革的人，都会对1978年改革的源头、改革初期取得的成就，达成相当程度的共识。因为那时结束了动乱的"文革"；承认实践是检验真理的唯一标准，打破了以"阶级斗争为纲"对人们思想上的束缚；平反昭雪了"文革"及"文革"以前绝大多数中国共产党内和人民内部的冤假错案；为社会主义改造以后大量的"地富反坏右"及其子女摘了帽子。那时的农村改革和初期的城市改革，号召人们不吃国家的大锅饭，不端政府的铁饭碗，打破平均主义，鼓励人们在传统的"一大二公"的体制外，发展多种经济成分，都是极得人心的开明创新之举。人们第一次感受到，在新的有中国特色社会主义制度下，还可以自谋生路，自己创业，并为祖国创造物质和精神财富。1954年，刘少奇同志在解释我国第一部《宪法》时，曾说过这样一句话：每个公民只要认识到，只要他没有做过违法的事，他就不用害怕夜晚有人来敲他的门，宪法就会保护他的安全和自由。但很快《宪法》就失去了它的作用。1979年开始，我党把法律、法制建设提到全国人民的政治、社会生活之中,我国的社会秩序、治安迅速好转,人们有了更多的安全感。

耀邦同志当时作为党中央集体领导的一员,他当然会为祖国日新月异的变化、人民事业欣欣向荣的发展深受鼓舞。但外人不知的一种惆怅、忧虑、担心却从他心中慢慢升起。1986年4月9日,他在"端正党风工作座谈会"上作了题为《关于正确处理党内两种不同的矛盾的问题》的讲话。

耀邦同志在这次讲话中毫不客气地说:"我们现在有些党组织,包括某些高级党委,谈不上有什么健康的政治生活,关系学盛行,政治空气淡薄。或者说,低级的庸俗的气味太多,政治的原则的空气太少。"他把这些消极现象说得很严重,又是在我国形势全面转好的情况下,他说的这些话,是否有些不合时宜呢?是否会得罪很多人,影响大家的工作积极性呢?

那时他说的"关系学盛行"、"低级的庸俗的气味太多",我们今天也不陌生!我记得整党期间,我和父亲有次谈话。我说:现在改革的形势很好,但一些人不愿意改。改革方要说一万条理由才能允许改,反对改革方只要说一个"不"字,就不能改。但能否对整党中消极现象的处理也有节有度呢?未想到父亲大光其火,严厉训斥我:别人这么说,你也这么说!改革和整党有什么矛盾,怎么不能统一!他这样的态度,是我生平所未见。

1988年,他已从总书记的岗位上退下来。那年,我国物价飞涨,公款吃喝愈演愈烈,茅台酒价每瓶从35元飞涨到140元。父亲提倡的"四菜一汤"的内部招待标准,早被某些生活"时尚"方式,在揶揄搞笑中取消了。为此,他在烟台根据李白的《月下独酌》即兴作诗一首:

> 天若不爱酒,酒星不在天。
> 地若不爱酒,地应无酒泉。
> 天地既爱酒,爱酒不愧天。
> 酒价年年涨,酒瘾月月添。
> 量小非君子,醉昏才算仙。

> 滚他妈的蛋，为政在清廉。

暑期我带着两个孩子看他时，他拿出诗给我看，诗虽然写得通畅幽默，行云流水，我却怎么也笑不起来，因为他的诗还反映一种直抒胸臆的忧虑和愤懑。若干年后，我才慢慢醒悟过来，他在我党的一个特殊的年代，不由自主地扮演了一个特殊的角色，不管是否扮演的是一幕悲剧角色，但他扮演得有始有终，心口如一，我认为值得！他的言行没有拟好的台词，没有固定的导演，不能算尽善尽美，却一直在尽量追逐着一个人民公仆的真善美。2010年11月20日，胡启立同志在纪念父亲诞辰会上回忆父亲对他的谈话："启立，你一定要记住，任何时候，在任何条件下，我们共产党人绝不可以鱼肉人民！"

耀邦同志对党内两类矛盾的梳理

> 耀邦同志将当时党内的矛盾清晰梳理出两类：一种是工作上认识上不同意见的矛盾；另一种是个人利益同党和人民利益的矛盾。他把党内的消极因素区分为这样两种，并提出了党内对抗性矛盾的看法。

耀邦同志是如何认识分析党内那时存在的各种矛盾呢？他清晰梳理出两类矛盾。他认为："一种是工作上认识上不同意见的矛盾；另一种是个人利益同党和人民利益的矛盾。"

第一类矛盾，他认为有其经常性，只要工作、做事，就会有工作上、认识上的不同意见。这类矛盾绝不会因为我党的方针、路线的正确，就消弭具体工作上的失误、失策，但相关的经验教训可以总结，这就需要在党的会议上，自由地发表个人意见，批评任何人，同时也应允许工作上犯有错误的人改正错误，只要在工作中努力执行党的方针政策，也允许保留意见。耀邦同志认为，这类矛盾在党内一般不具备对抗性。因为工作上、认识上的不同意见，而导致同志关系之间的裂隙、成见，一味上纲上线，必欲除之而后快，实在是一件令亲者痛、仇者快的傻事。比如说，在思想领域中，有人强调反封建意识多一点，有人强调反资本主义意识多一点，难道不可以耐心多讨论几次吗？耀邦同志在1986年4月11日一个座谈会上说："周扬同志是马克思主义者。……即使有'自由化'的观点，也不能说是自由化……社会主义生气勃勃的创造，没有气氛不行。"

第二类矛盾，他认为大部分也属于一种非对抗性的矛盾，如对党和人民利益不关心、淡漠，而对个人利益斤斤计较。"但是必须明确那些严重违法乱纪，严重以权谋私，为了个人利益和本单位、本部门的小集团而严重损害党和人民利益的党员，他们同党的矛盾是属于对抗的性质。"他把党内的消极因素区分为这样两种，并提出了党内对抗性矛盾的看法。他认为把党内对抗性的矛盾与非对抗性的矛盾分清楚，关系极为重大。他说："这是一个大界限。抓住这个大界限，才能把这种谋私的问题同工作上、认识上的不同意见和失误区别开来。"当他说到一些党员和党产生了对抗性的矛盾，其中触犯国法的，还要依法处理时，他又说出了一个新的法学观点："当然不是说，这种对抗性的矛盾就是敌我矛盾，这些人就是敌人。"毛泽东同志在《论人民民主专政》一文中说过："人民犯了法，也要受处罚，也要坐班房，也有死刑，但这是若干个别的情形，和对于反动阶级当作一个阶级的专政来说，有原则的区别。"耀邦同志说的党内产生的对抗性矛盾并非就是敌我矛盾，这些人就是敌人。我认为他的想法和毛泽东同志的论断，十分接近。看来他的这一观点，也并非是什么新的法学观点，而是中国共产党执政以后，就应直接面对的，如何执政、如何依宪执政、如何治国理政最迫切的问题。

《关于建国以来党的若干历史问题的决议》说过："由于国内的因素和国际的影响，阶级斗争还将在一定范围内长期存在，在某种条件下还有可能激化。"这是我党转移工作中心，又未忘却阶级斗争的一种表现。经过30多年，我国社会结构的变化，出现了若干新的社会阶层，我国宪法反映了这种深刻的社会变化。如何应对处理这些矛盾和问题呢？现在更多的是用法治理念和方法处理阶级斗争问题。这是我党执政以后，适应时代、历史、社会进步的必然转变。而毛泽东当年的思想即反映了这一历史观。我国切不能再以他的"文革"思维为指导，而抛弃了他光辉思想的一面、经过实践检验正确的一面。否则，岂不幼稚？

前些日子，有的同志说，现在强调阶级斗争、人民民主专政并不输理。他们认为，承认并坚持阶级斗争观点，不但符合马克思主义，就连法国资产阶级的历史学家、政治家梯也尔等人也不反对。不过有些同志的认识并未分清我党在执政前后，在阶级斗争中所处的地位已经发生了根本变化的现实。说到专政，也须指明，我国的专政机器向哪个阶级专政？又如何保障人民中的这一部分，不向另一部分实行专政？我认为，毛泽东对于人民内部的犯罪、对于专政的解释更为占理，他这种理论、实践工作没有做完，没有做彻底，就改变了初衷，现在正是中国共产党顺应历史的必然趋势，为国际共产主义运动做出个名堂，昭大信于天下的时候。

如何处理党内两类矛盾

教育活动、反腐斗争具体布置和运作上有战略与战役、长期与阶段之分，但最终还是要看，依宪执政、依法行政、公民的公民权的目标实现没有；防腐廉政的制度、体制、机制建立起来没有。

两类矛盾同时存在于党内，那么究竟如何分清轻重，妥善处理呢？耀邦同志认为："现在我们党内的主要偏向，不是对第二种矛盾搞过了、搞重了。"接着又说："主要偏向是对这种矛盾认识不足，缺乏鲜明的立场，不敢理直气壮地下手解决其中那些已经带有对抗性质，甚至已经尖锐对抗的矛盾。这也就是邓小平同志指出的：软弱。我们应当努力克服这种软弱状态。"

我党几次下决心要解决这类对抗性的矛盾，解决那些把个人利益、小集体利益凌驾于党和人民利益之上的，严重违法乱纪、严重以权谋私的党内腐败分子。这些人为了维护个人或小集团的既得利益，就公然践踏社会主义的民主和法制。目前暴露出来的重大案件，无一不与权力和金钱联姻有关。不需要别人定性，广大群众早已对这类恶劣现象有了最鲜明、最生动的概括，那就是权钱交易、官商勾结、垄断利益固化、输送国家利益、既得利益集团、权贵市场经济……但多次教育活动效果都不明显。

这届党中央,通过党内群众路线教育,制定了端正党风廉政的八项规定,习近平总书记代表党中央多次强调要把权力关进制度的笼子里,要遵守宪法,要依法治国;要进行国家治理能力和治理体系的现代化建设。大的贪腐老虎固需打,成群的苍蝇也不能让它乱飞。有些大贪腐的高官,和党的矛盾当然是对抗性的。这场党内教育活动、反腐活动,对中国共产党的再生建设意义十分重大。当前我国的经济总量已成为世界第二大经济体,但中国贫富差距超过世上公认的警戒线;甚至出现了一些受某些公权部门保护的既得利益固化集团。这些弊症都已是不争的事实。经济发展过程中出现的一些问题竟然损害了人民利益,危害了共产党机体的健康。当前的反腐斗争和群众路线教育实践活动是十分必要的,也是解决党内两种矛盾的有效途径。群众路线教育实践活动、反腐斗争具体布置和运作上有战略与战役、长期与阶段之分,但最终还是要看,依宪执政、依法行政、公民的公民权的目标实现没有;防腐廉政的制度、体制、机制建立起来没有。

(文/胡德平)

特殊利益集团是改革最大阻力

法治保护经济改革成果

新京报：十八届三中全会提出"全面改革"一年来，谈谈你对改革的切身感受？

胡德平：过去有一段时间，特别是薄熙来在重庆"唱红打黑"时，我觉得很恐怖。王立军公开说，只要把政治问题变成法律问题来查，我们就有绝对的发言权。我曾给中央写信说过，这个说法很恐怖；后来我也公开发表过意见，认为主要是司法工作出了问题。十八大后，中央提出全面改革，惩治贪腐，法治往好的方向变化。虽然我得到的论据不是很多，但恐惧感逐渐解除了。这次中央提出全面推进依法治国，是一个很大的进步。

新京报：四中全会刚刚开完，您对这次会议感触最深的是什么？

胡德平：我感触最深的是，党提出用法治促进国家治理体系和治理能力现代化。这既符合中国的实际情况，又吸收了人类文明发展的成果，比如强调宪法权威，约束公权、保护私权，等等。

新京报：三中全会聚焦"全面改革"，四中全会聚焦"依法治国"，两者在国家治理层面有什么逻辑关系？

胡德平："全面改革"到现在一年时间了，很多经济领域的改革正在推进，比如土地、金融领域的改革。怎么来保护经济改革取得的成果？这就需要法治，这两次全会把经济基础和上层建筑的关系结合得很紧密。四中全会提出的"依法治国"，属于上层建筑的改革，意味着政治体制改革已经开始了。

新京报：十八届四中全会提出的"全面推进依法治国"，是政治体制改革的一部分？

胡德平：当然。提倡法治，对权力进行制约，包括这次强调的立法、违宪审查、共产党要带头守法，这些都属于政治领域的改革。

政治体制配合，才能走出深水区

新京报：你认为在全面深化改革过程中，最重要的是哪方面的改革？

胡德平：政治体制改革、司法体制改革已经越来越重要，全面改革需要各个领域互相配合，几个领域的改革一起往前走，要同步。否则体制不顺畅，改革的执行力层层衰减，地方层层截留中央的意见，这是不行的。

新京报：回顾1978年到现在，当前正在推进的改革有什么样的特点？

胡德平：1978年改革开放之初，政治体制改革和经济体制改革是很匹配的。除了经济领域的改革，当时提倡思想解放，打破思想枷锁，推进党的领导和国家领导体制的改革。但这以后很长一段时间，对经济体制改革说得比较多，政治体制改革讲得少。

我觉得，现在又到了各个领域改革全面配合的时候。如果政治体制改革能配合上，改革进程会推进得更快，不会老是处于攻坚阶段，老是在深水区耗费时间，搞得"师老兵疲"。

新京报：你觉得到现在为止，中央是否已经完成了改革的顶层设计？

胡德平：改革开放已经30多年了，现在又进入了攻坚期、深水期，继续推进改革的顶层设计就是依法治国。社会上不同的利益群体，都要受到法律保护，如果出现矛盾，应该用法律手段进行调解。比如现在贫富差距很大，可以考虑征收一些相关的税，对于市场上出现不规范的行为，要考虑进行限制。但是唯有一个不能保护的，就是权钱结合、凌驾于人民利益之上的特殊利益集团，这部分人和国家、和党都是对抗性的矛盾。

特殊利益集团一切非法所得应归还人民

新京报：这些特殊利益集团是不是现在改革面临的最大阻力？

胡德平：他们（特殊利益集团）是改革最大的阻力，也是人民群众和全党要极力打击根除的。虽然这部分人还有势力，但坚决不能让他们得逞。他们侵占人民的财产，侵占国家的财富，应该依法来处理。他们的一切非法所得，都应该归还人民。

新京报：十八大以来反腐力度很大，要清除改革阻力，现在走到哪一步了？

胡德平：十八大后，典型大案要案确实是大胆地揭露了。普遍性地大吃大喝、铺张浪费，我觉得也基本刹住了。但是，从制度建设、干部培养，包括对当前对抗性矛盾的认识上，我觉得还远远不够。现在"全面推进依法治国"这条路已经指出来了，要真正建设成法治国家、法治社会、法治政府，我觉得没有两代人的努力是做不到的。一代人算25年的话，两代人就要50年。

新京报：2014年陆续通报了周永康、徐才厚案，你对中央查出两案怎么看？

胡德平：习近平同志说徐才厚的问题时提到，我们要很好地总结经验教训。如何从制度上反腐，还有待研究。他们是怎样走到人民的对立面，怎么贻害人民，和党之间是一种怎样的矛盾，这些经验教训需要认真总结。

新京报：怎么看反腐与改革之间的关系？

胡德平：反腐是推进改革的一个巨大动力。改革取得那么大的成绩，不但不能损害老百姓的利益，更要让老百姓有机会分享改革成果。唯有如此，才会拥护改革。

(文／关庆丰)

周瑞金

曾任《解放日报》、《人民日报》副总编辑,"皇甫平系列评论"的主要组织者。

没有一个利益集团想走回头路,但是有利益集团希望改革停滞,改革停在这里对他们最有利。改革停滞,也是一种可怕的倒退。

推进依法治国是政治体制改革突破口

改革停滞,是可怕的倒退

新京报:你怎么看十八大以来三中全会、四中全会的改革?

周瑞金:习近平总书记是很有决心和胆略来推进这轮改革的,自十八大主政以来,从三中全会通过全面深化改革的决定,再到四中全会全面推动依法治国的决定,这两个决定都是由他亲自担任组长制定的,还做了起草过程和内容的说明,这表明他推进改革意志很坚决,步伐大,而且有步骤有策略,先易后难。

新京报:当前的改革在中国改革历程中处于怎样的阶段?

周瑞金:整个改革历程有两个重要关头,一个关头是从1989年到1992年,三年改革停滞,小平同志南巡推动市场经济体制改革。现在又到了一个重要关头,经济的巨大增长和社会的巨大不公,贫富分化,贪腐蔓延,这样两个因素交织在一起,形成了阶层利益的分化和固化。这个问题会影响国家的走向,而且是国内不安定的因素。

新京报:你认为这一轮改革最迫切解决的问题是什么?

周瑞金:这一轮改革要用制度建设来厘清30多年市场经济体制改革积累的弊病。这些弊病主要表现在城乡、区域和个人收入分配的差距越来越大,贫富差距、地区差距和城乡的差距加大。没有一个利益集团想走回头路,但是有利益集团希望改革停滞,改革停在这里对他们最有利。改革停滞,也是一种可怕的倒退。

阶层固化对底层伤害最大

新京报：这轮改革面临的最大阻力是什么？

周瑞金：资本和权贵的勾结形成特殊利益集团，是改革的最大阻力。权贵资本阶层形成的阶层固化，令社会向上流动的空间变得狭窄，穷人永远穷，富人永远富，社会停滞不前，这对底层的伤害最大。因此这一轮改革首要的是化解权贵资本阶层，让社会流通渠道重新畅通。

新京报：李克强总理说，现在触动利益往往比触及灵魂还难，利益集团对改革的阻力表现在哪些方面？如何破解？

周瑞金：利益集团牢牢把控住权力资源，使权力过于集中在上层，干预市场经济。在市场经济中，市场起决定作用，那么就要把伸向市场的手斩断，以前是砍掉行政审批，现在逐渐砍掉项目审批权，把这个权放给市场。还要充分调动底层的积极创造性，鼓励社会组织承担更多责任，进行管理。

新京报：四中全会前，你曾撰文说，改革仍然知易行难，执行相当困难。难在何处？

周瑞金：对改革的执行是否顺利，在于顶层设计是否反映了老百姓的意愿，顶层和底层是否上下齐心。从30多年的改革来看，成功的改革一定要有上下互动，下面的创造性和上面的顶层设计相结合，上下一心，才能有进展。而现在的改革似乎缺少一些互动，只看到上面一个个决定下来，下面一步步跟着走，没有积极性、创造性。特别是目前雷厉风行的反腐，不少干部处于旁观状态。

依宪治国，关键看党委一把手

新京报：刚召开的十八届四中全会，哪些关于改革的内容让你印象深刻？

周瑞金：印象最深刻的司法领域的改革，是提出依宪治国，依宪执政。依宪执政体现限制公权、保护私权，这一精神在依法治国当中是第一次体现。此外，就是从立法到执法、司法、守法形成了一套完整的法治体系。

新京报：依宪治国核心内涵是什么？有何重大意义？

周瑞金：依宪治国提出的是中国特色的法治体系，和西方宪政体制有所不同，它从中国国情出发，符合中国特点。但宪政有个共同点：把宪法作为万法之首。宪法的特点是对公权力进行监督和限制，对民权进行保护——保障公民应有的政治权利。习近平总书记提出依宪治国，可以看作这一届领导集体把司法改革作为政治体制改革的切入点。全面推进依法治国也是政治体制改革的重要部分，而且是重要突破点。依宪治国，依宪执政，有高度的智慧，体现了一种新的突破。

新京报：要落实依宪治国，关键点在哪里？

周瑞金：依宪治国能否实现，最关键是党政干部，特别是党委一把手，能否遵宪守法，按照宪法和法律精神办事，把自己的活动限制在宪法法律的框架之下，不做以言代法、以权压法、徇私枉法的事情。这是能不能落实四中全会决定、能不能够推进深化改革的第一个重大考验。这一关如果过不了，那就谈不上依法治国。

新京报：你在接受采访时曾经说过，以前当"皇甫平"需要勇气，现在当"皇甫欣平"需要的是良心和见识，如何理解？

周瑞金：良心是超越利益驱动的一种普世人道主义情怀，是要关心天下苍生的命运。我文章中的洞见和策略体现了见识。以前用"皇甫平"写评论，只是把小平同志的思想传播出去；现在用"皇甫欣平"写评论，要给政府提供建议和策略。以前用"皇甫平"写评论时，面临走回头路、改革倒退，我是很忧虑的；现在写作班子改成"皇甫欣平"，我看到习近平总书记是想改革的，"欣"是表示我欣喜愉悦的心情，我想写文章推动改革。

傅高义

Ezra Feivel Vogel，美国著名社会学家。长期关注和研究中国改革开放。

长远来看，新技术将使限制民众获取信息变得越来越难，政府需要走在这种趋势前面，以避免成为公众批评的对象。

中国改革的成功 符合全世界人民利益

中国需要更高的开放程度

新京报：2014年是邓小平诞辰110周年，8月你到中国出席纪念活动，你认为邓小平给中国留下哪些遗产？对现在的改革能产生积极作用？

傅高义：邓小平结束了阶级斗争，并把共产党从一个领导革命的政党转变为一个启动改革以增强经济实力、改善人民生活的政党。他确立了官员提拔的价值标准。把经济从僵化中解放出来，扩大市场作用以促进农业和工业生产。他足够聪明且谦虚，愿意从全世界的成功案例中学习。

新京报：你认为现在中国改革在哪些领域得到深化？哪些领域有待突破？

傅高义：中国在推进工业化生产和基础设施建设上取得了巨大的成功；提升了年轻人的受教育水平，以及接受高等教育的人数。中国正在成为世界上最大的经济体，但中国如果要在教育和文化上实现全球领先，还需要对国外的思想文化和人才有更高的开放度。由于工资上涨，为保持国际竞争力，中国需要更高的效率和更先进的技术。

新京报：你认为是否存在问题阻碍了进一步改革？

傅高义：中央领导人一直比较关心稳定秩序的维持，并树立案例以防地方纪律松弛。但中国若想要取得更高的经济、科学和技术发展水平，有必要给人民更多的自由，以获取全世界的信息和观念。这也能够增强中国人民和外国人对中国政府的认可和支持。

反腐败已带来巨大变化

新京报：你对这一届领导集体在哪些领域的改革印象深刻？你认为改革最迫切要解决的问题是什么？

傅高义：我认为反腐败的努力已经带来了巨大的变化，反腐败现在需要被纳入一个持久的法治框架中去。此外，现在迫切需要找到一个稳定的地方政府财政基础。为减少中国和其他国家之间发生冲突的可能性，加强与其他国家，尤其是与美国和日本的国家领导人的沟通是很重要的。还有，公众希望他们的诉求能够被听到、他们的控诉能够被公正处理，而政府需要增强公众对此的信心。

新京报：你怎样看待中国当前的反腐败力度？

傅高义：还没有一个有效的制度来约束公权力和私有企业之间的私人联系，这种联系导致大量财富累积到某些高级官员的家属手中。查处周永康案件表明，即便是高级官员，如果通过私人关系获得巨额财富，如今也是要受到惩罚的。

新京报：美国在高速发展的"镀金年代"，也曾经贪腐严重，美国是如何治理腐败的？有何借鉴价值？

傅高义：美国克服腐败之所以取得很大成绩，凭借的是相对开放的媒体系统和强大的法律制度。然而，我认为香港通过廉政努力在反腐上取得的成功，对于中国内地是一个更好的榜样。

新京报：和邓小平时代相比，您认为现在改革遇到的最大阻力来自哪里？

傅高义：许多人通过特殊的私人关系致富，现在很难控制他们。我认为，关于什么允许、什么不允许，中国需要建立清晰的规则。建立这些规则并构建一个能够确保其被充分实施的框架，还需要数年时间。

新京报：习近平提出现代化国家治理体系，把依法治国作为行动纲领，你认为建立法治国家最关键因素是什么？

傅高义：我认为这需要一个独立于地方行政领导的司法系统。要防止地方官员干预司法案件，以确保民众对地方官员的诉讼能够被公平地对待。司法机关的独立性不应受到干涉，司法机关的官员应该训练有素，能够做出专业的决策。

习近平是强有力的领导者

新京报：你认为中国目前面临的重大挑战有哪些？

傅高义：要继续反腐败，但要注意不要让官员因为害怕受到打击而反对。找到一个稳定的地方政府财政基础，这样地方政府就不需要以贩卖农村土地来获取收入。在不危及稳定的情况下，增加人们学习和讨论更广泛议题的自由度。长远来看，新技术将使限制民众获取信息变得越来越难，政府需要走在这种趋势前面，以避免成为公众批评的对象。

新京报：中国的改革对中国和世界有何影响和意义？

傅高义：有意义的改革不是靠制定一些政策，而是靠将这些政策持续地落到实处。中国的改革自1978年以来取得了辉煌的成就，但现在也面临着巨大的挑战。如果中国能很好地应对这一进程，将不仅对中国，而且对全世界大为有益。中国改革的成功，是符合全世界人民的利益的。

新京报：你对中国改革的前景有何看法？持乐观态度还是悲观态度？

傅高义：习近平已经表明，他是一个强有力的领导者，能够大胆地打击腐败等问题。我乐观地认为，中国未来会有许多进步。

（文／萧辉）

反腐：把权力关进法治笼子

江平，年过八旬，在法学界被誉为泰斗；刘仁文，正值盛年的刑法学者，两代人，对"依法治国"的解读，有重合，也有碰撞，都是对法治中国的期待。

十八大以来，反腐力度前所未有，"打老虎也打苍蝇"，纪检部门重拳反腐之外，如何根治腐败，真正实现"将权力关进制度的笼子"，成为社会热议话题。制度反腐专家李永忠和曾带领农民上访的云南省前政协副主席杨维骏，对于反腐"治标"和"治本"，提出了自己的意见。

江平

中国著名法学家，中国政法大学终身教授。

依法治国是长期任务，不能设想通过四中全会就能把依法治国的问题都解决了。法治，仍要踏踏实实、一步一步来做。

对于公权 "法无授权不可为"

依法治国应避免形式主义

新京报：你觉得此次四中全会推进依法治国，体现改革进步的亮点在哪里？

江　平：在司法改革方面，应该说跟之前有很大不同，或者说根本的不同。去行政化、去地方化都是正确方向。包括这次提出设立巡回法院，以及规定党政机关任何人都不得干预具体案件，否则记录在案，这对保证独立审判意义重大。

新京报：有种观点是，我国依法治国进程自1978年至今有两个里程碑，一个是1997年的十五大，第二个是十八届四中全会。你赞同这个提法吗？

江　平：依法治国是长期任务，不能设想通过四中全会就能把依法治国的问题都解决了。法治，仍要踏踏实实、一步一步来做。

我知道现在有些地方，已经开始搞依法治国的一些考核标准，达成了多少指标算完成。要避免形式主义的一些做法，（形式主义）并不能真正触及依法治国的关键。

新京报：这次《决定》中提出，全面推进中国特色社会主义法治体系建设，法治体系跟过去法律体系一字之差，怎么理解这其中的区别？

江　平：法律体系是静态的，法治体系则是动态的。所谓动态，就涵盖了法律的监督，全民的守法，法治教育，法治人才的培养。这一改变，体现了对法律更全面的理解。

减少政府干预是改革追求目标

新京报：这次四中全会决定提出建立领导干部干预司法活动、插手具体案件处理的记录、通报和责任追究制度，你有何见解？

江　平：凡是能够行使干预权力的人必然是领导干部，这是约束公权的表现。过去党政机关官员干预司法的问题很严重。如今凭着这条规定，法院可以依法独立行使审判权。

新京报："依法治国"的核心内容之一是依法行政，对政府的权力做出限制，你怎么理解？

江　平：依法行政是依法治国里很核心的东西，现在政府的权限实在太大了。对于私权，"法无禁止即可为"；而对公权，则是"法无授权不可为"。我国长期以来的问题就是政府干涉过多，减少政府干预实际上是改革一贯追求的目标。

要从理念阶段走向具体实施

新京报：本届全会指出依宪治国、依宪执政、设立宪法日、向宪法宣誓等，体现对宪法权威和尊严的尊重，你怎么看这些规定？

江　平：把宪法提到一个很高的地位，从某种意义上说也是象征性的举动。实质依宪执政，还需要真正在法律框架内推动改革，真正脱离人治。

新京报：怎么理解依宪治国的含义？

江　平：我举个例子。上世纪80年代我们修改宪法，规定土地可以买卖租赁转让了，土地管理法也修改了。那时我是法律委员会的副主任，就问领导，民法通则怎么不改？领导说那两个都改了，这个就甭改了。这体现的是人治，并非依法治国，是很不正常的现象啊。如果下面都这么做的话，本身宪法跟下面的基本法都有矛盾，法律的尊严何在？依宪治国还需要从理念走向具体的实施阶段。

抽象正义容易，具体正义难

新京报：这些年来我们也能看到中国司法环境进步的一面，比如一些冤假错案得到平反，你关注这类案件吗？有何感受？

江　平：我很注意这个问题。此前三中全会也提出，司法界最高标准就是司法公正，让每个人都能对法院的判决感到具体的正义。这是个很高的标准，因为抽象的正义容易，具体的正义难，我们说人民满意可以，让每个人都满意，这就比较难。所以在这点上，我觉得是进步的很重要的标志。

新京报：那么如何避免冤假错案的再发生和对已经发生的冤家错案及时纠正呢？

江　平：涉及具体正义的错误，我们还没能拿出很大的勇气来改正。现在冤假错案的追责，也只到办案人员，而非更高层级批准案件的人，他们可能是当地政法委官员，也可能是庭长、院长，甚至是高层级的院长。不涉及更高层级的官员，这种情况下治理冤假错案就困难重重。

新京报：这些案件中律师的角色越来越显眼，您怎么看待这个群体在法治建设中的作用？

江　平：律师的地位是一个国家法治建设的晴雨表。总的来说，律师的环境有很大改变，但律师根本的问题——职业中处于怎样的地位，还没有完全解决。他们仍然属于司法权力中薄弱的一环，无法与检察院、法院这二者相比，这也表明我国法治状况还不理想，应该把律师地位的提高放在很重要的一个环节来对待。

刘仁文

中国社会科学院法学所研究员、刑法研究室主任。

肯定进步、看到成绩的同时,最好能有一些警觉的声音,众人之诺诺,不如一人谔谔。

死刑改革步伐超出想象

"众人之诺诺，不如一人谔谔"

新京报：此次中央全会首次以"依法治国"为主题，是一种怎样的信号？

刘仁文：虽首次作为中央全会的主题，但其实已有一个发展过程，此前十五大提出将依法治国作为一项基本治国方略，后来的十六大、十七大也都强调了这个问题。新一届中央领导上任以来，在反腐、深化改革等多方面做了大量深得民心的工作。正如习近平总书记在对全面推进依法治国的决定的说明中所指出的，现在需要一个总抓手，那就是，以法治的思维来推进各方面工作。

新京报：可以理解为，本届四中全会"依法治国"是对三中全会关于全面深化改革在法治领域的具体落实？

刘仁文：三中全会强调改革，四中全会强调依法治国，也在逻辑之中，即改革也要依法改革、于法有据，所以我们现在看到最高法院搞速裁试点，就是先由全国人大常委会来授权它有这个试点的权力。当然，你说得对，这次对法治改革的论述更具体，比如这次四中全会规定领导干部不能干预司法和具体案件的处理，相比过去，这个提法具体多了。

新京报：从十五大报告正式提出将"依法治国"作为治国基本方略至今，你觉得中国法治建设状况如何？

刘仁文：整个来看还是有进步的，废除劳动教养，实行罪刑法定、疑罪从无，减少死刑，扩大对被告人的法律援助范围和被害人的司法救助范围等等。肯定进步、看到成绩的同时，最好能有一些警觉的声音，众人之诺诺，不如一人谔谔。

一字之改？意义重大

新京报：这次"决定"中提出，全面推进法治体系，法治体系跟过去法制体系也是一字之差，怎么理解这其中的区别？

刘仁文：一字之改，意义重大。"法制"是法律制度的简称，相对静态，"法治"则是主张严格依照法律来治国理政，是现代化治理国家的方式，能把立法、执法、司法、守法等各个环节都纳入其中。

新京报：这次决定也将党内法规体系纳入到法治体系，你怎么看？

刘仁文：毋庸讳言，依法治国和党的领导具体到实践中，在有的地方可能会存在一些微妙、复杂的关系，如何去妥善处理，需要高度的政治智慧。基于我国国情，我认为将党内法规体系纳入到法治体系来研究还是有其现实意义的，一方面可以扩大我们的研究视野，另一方面也有利于党内在制定法规时更加注意与宪法和法律保持一致。

新京报：本届全会指出依宪治国、依宪执政、宪法日、向宪法宣誓等，对宪法权威和尊严的尊重，前所未有，怎么理解这个信号？

刘仁文：对宪法的尊重我们在理论上从未否认过，但正如最高法院前院长肖扬先生2014年大梅沙创新中国论坛上所讲的，"对一次违宪行为的及时追究"意义胜过"一千次对宪法条文的宣讲"。如何建立宪法落实的机制，使所有政策文件、法律法规都能接受合宪性审查，还亟待建立一个专门的权威机构，使公民和组织可以提出宪法诉讼，这是当务之急。我提出过一个建议，就是在国家主席下设宪法审查机构，这样可以保证该机构的独立和权威性。

新京报：你曾提到用"以德育国"来代替"以德治国"，主要基于什么考虑？

刘仁文："治"一般人理解的是强制性的治理,一旦违反就会承担一定的后果。真正有强制力的治,只能靠法律。但"德"特别重要,无论对于我们的民族还是执法队伍,没有道德底线,没了良知,只靠外在的法律来治理,是不够的。把"依法治国"与"以德育国"相并列,就不但不会产生误会,而且真正能说明二者之间的良性互动关系。

"死刑改革超出想象"

新京报:四中全会后,刑法修正案(九)拟取消9个罪名的死刑,你怎么看这一现象?

刘仁文:从2007年最高法收回死刑核准权到2011年刑法修正案(八)首次取消13个非暴力犯罪的死刑,再到这次准备继续取消9个罪名的死刑,中国的死刑改革取得了巨大进步。我曾参与过刑法修正案(九)的前期专家咨询工作,那时大家以为这次能取消四五个死刑罪名就不错了,没想到最后出来的(草案)是9个!

新京报:死刑改革超乎了你的预料?

刘仁文:尽管我在死刑改革问题上属于比较激进的学者,但实事求是地说,几乎每一步现实的改革都超出了我的预料,我没想到改革会来得如此快,也没想到改革的步伐会迈得如此大。

李永忠

在军队及地方从事纪检工作35年,被媒体称之为中国制度反腐的第一人。

在市场经济条件下,权力变钱太容易,但选人用人机制还是采用计划经济时期等级授职制的办法,监督还是同体监督,不是异体监督,权力当然就会大面积腐败。

身近高权知其害,人无私欲品自高。民本腐败对立物,主力参战胜算牢。

制度反腐 打苍蝇更要填粪坑

权力含金量太大，想不腐败都难

新京报：十八大以来反腐力度很大，但有声音认为反腐是有选择的，你怎么看？

李永忠：在"腐败呆账"很大的情况下，怎么反腐都是有选择性的反腐。因为存量很大，不可能一网打尽。如果中国只有一个腐败分子，那就不需要选择，把他抓了就行。但现在腐败分子不是三五百个。先查谁，后查谁，就有依据时间和效果进行选择的必要（都要查），只是有轻重缓急之分。

新京报："腐败呆账"是怎么形成的？

李永忠：为什么这30多年会出现大面积的贪腐，而且前赴后继？政治体制改革严重滞后是最主要原因。现在很多岗位的官员的权力含金量都是前所未有的大，监督又严重滞后，腐败的机会比比皆是，想不腐败都很难。在市场经济条件下，权力变钱太容易，但选人用人机制还是采用计划经济时期等级授职制的办法，监督还是同体监督，不是异体监督，权力当然就会大面积腐败。

新京报：近些年来，反腐力度一直未减，为何还会这么严重？

李永忠：反腐一直在做加法，但这些都是治标的。明摆着苍蝇多是因为粪坑存在，不解决粪坑，只是过去1个人打苍蝇，现在增加10个人打，过去8个小时打苍蝇，现在24小时打。但粪坑不填，苍蝇还会更多。同理，30多年反腐，反来反去，查处腐败案件却越来越多，这暴露出我们如今仍然沿用苏联模式的权力结构和用人体制，已到了不得不改革的关头。

权权交易，目前没有惩罚条款

新京报：当下的腐败特点是什么？

李永忠：我总结有几个特点：一是层级上，逐步由基层、中层向高层、核心层发展。二是金额上，由一般金额、大金额向巨大金额、特别巨大金额发展。三是过去腐败都是个人行为，现在变成团伙行为，集团性发展。四是过去腐败是危害自己，危害亲友，现在已严重危害社会，已形成一种贪腐文化，笑贫不笑贪。五是过去多是国内消费性腐败，现在已发展到国外资本性腐败。

新京报：近年来腐败以什么样的形式出现较多？

李永忠：上世纪80年代我撰文谈到，如果不推进政治体制改革，腐败将由最底层最基础的权钱交易，发展为权色交易，这里的"色"泛指一切非物质化的东西，进而会发展为权力与权力间的政治交易，即权权交易。

比如刘志军案，刘志军为丁书苗牟利近40亿元，而自己没有收过钱。丁书苗和刘志军两人心照不宣的是他们的利益，他们不用签合同，甚至连口头承诺都不用，你的钱就是我的，我的权也是你的，这就是非物质化贿赂，在这个层面上，一般是很难查的。

新京报：权权交易的特点又是什么呢？

李永忠：权权交易属于腐败的高级阶段，在高级别官员的贪腐过程中，权和钱之间几乎没有交易，送钱他也不会要，他安排你的儿子，你安排他的女儿在各自管辖的地区当个市委书记或县委书记，划土地，多少都可以，要矿山，几个都给。这种权权交易，目前的法律条文上没有对照的惩罚条款。

新京报：权权交易会带来什么危害？

李永忠：会形成官N代、富N代，甚至知N代、星N代也会出现。这样发展下去，社会就会板结化，无论老百姓再努力、再勤奋，都没有生存发展进步空间。所以权权交易是最可怕的，会严重阻碍社会的发展。

"依法治国"让我们可以按图施工

新京报：最近最高检透露，将成立国家反贪总局，你觉得这能有效解决腐败问题吗？

李永忠：原来就设有反贪局，19年来腐败案件不仅没随着反贪局设立明显下降，反而上升，因为反贪局"有劲使不上"。

新成立的国家反贪总局，应努力去行政化、去地方化，努力做加法，努力去接违法犯罪的第一手资料，而不是等着接二手货。如果不进行政治体制改革，权力结构不改革，反贪总局仍然没有独立性，不能去行政化、去地方化，那么，即使改旧为新，我认为效果也未必能好，扬汤止沸永远不如釜底抽薪。

新京报：你对未来中国制度反腐的前景怎么看？

李永忠：有媒体把我称之为制度反腐第一人，事实上邓小平才是制度反腐第一人。他在"8·18"讲话中就提到党和国家领导制度的改革，这是制度反腐的蓝图，但光有蓝图大厦建不起来。2013年十八届三中全会的330多项决定，就是这个蓝图的具体施工图，再加上2014年十八届四中全会中提出的"依法治国"主题，我们总算可以按图施工了。

杨维骏

历任云南省政协副主席等职。89岁高龄的杨维骏为12名失地农民代表开道,到云南省政协反映问题。

现在反腐一个一个地查处是必要的,但治标还要治本,要治本就要改变这个体制,从权力经济体制转变为真正的社会主义市场经济体制。

应该让官员没有权力去腐败

谁腐败我就反谁,不管你是谁

新京报:你这几年一直实名举报腐败现象和官员,甚至亲自到中纪委递交材料,是这样吗?

杨维骏:2013年,我到首都北京中纪委信访接待处,举报云南6大贪腐案子。中纪委的工作人员说,我是他们受访的年龄最大、职务级别最高、最不为己的举报者。

新京报:你是什么时候关注反腐领域的?

杨维骏:我反腐反了30多年了。改革开放初期,我是全国人大代表,举报"官倒儿"。后来我做云南省政协副主席,又反映倒卖香烟的投机倒把行为。我有腐必反,谁腐败我就反谁,不管你是谁。

新京报:作为一名副省级离休干部,您举报的方式是什么?

杨维骏:我发现一件事不对,就会指出来。当年,原云南省委书记白恩培提出建设大昆明、大城市化的发展策略,又提出"快速发展是第一要务"的方针。但这个方针与中央的科学发展观是相反的,总路线一错误,后面的各项工作都会走偏。刚开始我就给白恩培写信,并且当面向他提意见,但从来没有回应。后来云南发生很多违法强征基本农田的事,我就不断写信,并在网络上提意见。

新京报:后来你为何又实名向中纪委举报?

杨维骏:后来我发现一些做法越来越离谱。比如,昆明市长水新机场修建,这是个总投资300多亿元的项目,有高级别的官员为了从中牟取私利,安排自己的人负责管理,工程偷工减料,导致钢架坍塌，砸死7个人。对于这些涉嫌贪腐的事件，我会实名向中纪委举报。

腐败分子的余党会恨我

新京报：*您的举报，包括来自民间的反腐举报，对反腐作用大吗？*

杨维骏：谁腐败、谁不腐败，完全靠中纪委调查，是不可能的。还要依靠人民群众反腐，这就需要给群众渠道，而且不能让举报者受到打击、报复，这样才是发动群众。但很多群众现在怕受打击，我就因为举报反而被整了。

新京报：*你受到哪些打击？*

杨维骏：在我举报一些云南省的高官后，曾有好心人匿名给我写信，对我的举报表示支持，说他们放出话来，要让我永远闭嘴，提醒我小心。那段时间里，我曾被监听、监视。我家附近每天好几辆车监视我的行踪。我现在已经很小心了，但是我没有怕，没有退缩。

新京报：*你觉得哪些人会恨你？*

杨维骏：那些腐败分子的余党，他们上下串联、勾结，他们不是少数人，至少是一群人。他们的反抗很粗劣低级，就是靠权力。

反腐要把矛头指向靠权力谋利益阶层

新京报：*你对十八大以来的反腐败形势有什么看法？*

杨维骏：现在反腐一个一个地查处是必要的，但治标还要治本，要治本就要改变这个体制，从权力经济体制转变为真正的社会主义市场经济体制。这次反腐是反对权势官僚体制的第二次革命，对党的建设也是一次革命。

新京报：*为何你认为十八大以来的反腐是第二次革命？*

杨维骏：我们国家的现状是，虽然有很大一部分是按劳分配，但因为体制机制不健全带来的贪腐、以权谋私情况也很严重，这是一种按权分配的现象，这跟封建官僚没有区别，当官的人权力很大，他们就垄断、抢占资源，现在反腐就是要把矛头指向这种依靠权力谋取利益的阶层。

新京报：纪检部门揪出的贪官越来越多，但贪腐现象却并未减少？

杨维骏：我不大热衷体制内的监督，依靠内部监督是错误的。首要是要把滋生腐败的体制机制改变成科学民主决策的机制，不进行政治体制改革，谁来监督？监督的人本身有问题怎么办？

新京报：你觉得如何才能建立科学民主的决策体制和机制？

杨维骏：转变政府职能，政府主要做宏观调控，不要再去管微观的事。现在政府管很多事，政府的官员就有利可图。你不让他管，没有权力去管，他就不能腐败了。如今让官员不敢腐败还不够，应该让他们没有权力去腐败、不能腐败才是治本。

马怀德

中国政法大学副校长、中纪委特约监察员。

(图/CFP)

纪检监察机关和检察机关合并"同类项",双方进一步完善对接程序,有利于整合资源,避免"双规"对象泛化等问题。

清理反腐"法外之地"

应立法监督约束权力运行

新京报：四中全会会成为反腐从治标转向治本的转折点吗？

马怀德：十八大以来的反腐，有四个新特点：一是加大查处腐败案件力度，初步形成不敢腐局面；二是从转变作风入手，注重从源头防腐；三是强调运用法治思维和方式反腐，将过去一些成熟的制度措施，上升为法规规章，增强其权威性；四是注重制度改革创新，比如巡视制度方面的改革，中央巡视组组长一次一授权；纪检体制的改革，"两个'上'为主"，查办腐败案件以上级纪委领导为主，各级纪委书记、副书记的提名和考察以上级纪委会同组织部门为主。

四中全会之后，会继续十八大以来的反腐方向和原则，一方面保持反腐的高压态势，一方面注重制度建设，走向法治防腐反腐。

新京报：四中全会会对下一步的反腐带来哪些影响？

马怀德："依法治国"强调的是维护宪法和法律的权威。因此，应该加快完善反腐败法律法规体系，修改现行法律法规，以适应反腐形势新要求。比如《行政监察法》规定："监察机关是人民政府行使监察职能的机关。"目前，监察机关与纪委合署办公。三中全会确定了"两个'上'为主"的改革方向，强化上级纪委的领导，那么"监察机关是人民政府行使监察职能的机关"条款，就应该相应修改。

此外,三中全会强调,"必须构建决策科学、执行坚决、监督有力的权力运行体系,形成科学有效的权力制约和协调机制"。因此,一些立法特别是监督约束权力运行方面的法律法规,应该提上日程。比如现行的《政府信息公开条例》,没有包括立法公开、司法公开、党务公开等内容,所以应该将其上升为《信息公开法》,扩大适用范围,使权力在阳光下运行。《行政程序法》、《行政组织法》、《重大决策程序条例》、《行政问责法》,以及规范官员个人事项申报的申报公开方面的法规,都是对权力运行加以制约和监督的基础性法律,应该纳入立法规划,真正实现权力、机构、职能、责任、程序法定。

制定从政道德法清理"法外之地"

新京报:怎样解决反腐存在的"法外之地"的问题?

马怀德:十八大以来,中央反复强调坚持依法执政、依宪执政,党自身必须在宪法和法律范围内活动。四中全会将进一步树立宪法法律权威,建立科学的法律规范体系和党内法规体系,处理好国法和党规的关系。事实上,这项工作2013年就已经启动。2013年5月,党内"立法法"《中国共产党党内法规制定条例》和《中国共产党党内法规和规范性文件备案规定》出台,其中就提出了明确要求:制定党内法规应当遵循"遵守党必须在宪法和法律范围内活动的规定"等原则。

目前党内法规和法律适用对象与范围不尽相同,具体到"吃空饷"、"红包"等"法外之地",虽然达不到贪污受贿的刑事立案标准,属于道德层面的问题,不适合通过法律予以调整,但可以由党内法规加以约束。

为有效约束党员以外公务人员行为,今后可以制定《公务人员伦理道德法》,对公务人员作出规范。制定从政道德法律,也可以解决"道德不能立法"的问题。

新京报:我国有制定《公务人员伦理道德法》的考虑吗?其他国家对从

政道德是如何规定的？

马怀德：学界一直有这样的呼声，但是并没有列入立法规划。实际上，通过制定行政伦理方面的法律，规范和约束公务人员的行为，这已经被不少国家采用。美国、韩国、日本、中国澳门等国家和地区都制定了这方面的法律。比如澳门，普通人可以随时进入赌场，但是公务人员只允许春节期间进入赌场，其他时间涉足赌场就属于违法。

现阶段不宜对反腐体制作大调整

新京报：有学者呼吁设立国家反腐总局，整合纪检机关、检察机关反贪部门、预防腐败局等各方面的反腐力量。你怎么看？

马怀德：设立国家反腐总局的呼声一直存在。2013年三中全会前，中央政治局会议宣布要改革党的纪律检查体制时，就有一些学者提出了这样的建议。是否需要设置相对独立的统一的反腐机构，这值得商榷。我个人认为，现阶段正处于反腐的关键时期，四中全会后会继续保持反腐的高压态势，所以现阶段不宜对反腐体制作出大的调整。

新京报：你曾经建议制定综合性的国家反腐败法，四中全会后有必要制定这样的法律吗？

马怀德：是否需要制定统一的综合性的国家反腐败法，这需要探讨。当务之急还是制定源头防腐的基础性法律、规范权力运行方面的法律，也就是刚才提到的《信息公开法》、《行政程序法》、《行政组织法》、《重大决策程序条例》、《行政问责法》等。

官员判处死刑少不等于量刑轻

新京报：司法改革被指将是四中全会的主要议题之一。此前，一些贪腐官员的量刑标准，引起了关注。据测算，2001—2011年间，超过100名被查的副部级以上官员中被执行死刑的只有5人，不少人获缓刑。有人认为对一些官员的量刑标准较轻,你怎么看?

马怀德:保留死刑,但严格控制和慎重适用死刑,这是我国的司法原则之一。不能仅凭判处死刑的官员数量比较少,就得出量刑较轻这样的结论。该不该判处死刑,刑法有明确具体的规定。

四中全会应该会对三中全会提出的司法改革方向——"确保依法独立公正行使审判权检察权",作出进一步部署。"确保依法独立公正行使审判权检察权",有利于促进包括职务犯罪在内的所有案件,公正裁判。具体到反腐,能有效解决地方腐败案件领导干预司法、重罪轻判等问题,更能避免利用"保外就医"逃避惩处等问题。

新京报:四中全会召开前,另一个讨论热点就是"双规"。来自最高检专家座谈会的消息,对于官员贪腐犯罪,中纪委和最高检计划合并"同类项",就是纪检办案过程中发现官员涉嫌犯罪,直接移送检察机关。有学者认为,这意味着"双规"有可能淡出。你赞同吗?

马怀德:合并"同类项"并不意味着"双规"会淡出。"双规"推行20余年来,对于腐败案件调查取得突破、破除地方保护主义,起到了积极作用。

现行《行政监察法》规定,"监察机关在调查违反行政纪律行为时,可以责令有违反行政纪律嫌疑的人员在指定的时间、地点就调查事项涉及的问题作出解释和说明,但是不得对其实行拘禁或者变相拘禁",这是"双规"的法律依据。《刑事诉讼法》也对贪腐等职务犯罪的侦查程序,作出了规范。

纪检监察机关和检察机关合并"同类项",双方进一步完善对接程序,有利于整合资源,避免"双规"对象泛化等问题。

(文/王姝)

司法：依法办案与依权办案

业界与学界怎样看待法官职业的光环在现实中褪色？十八届四中全会《决定》提出依法治国理念后，法学界人士进一步探讨、触碰司法改革进程中遭遇的具体难题、困境。

媒体对依法办案有什么影响？

陈光中

著名法学家,诉讼法学带头人,中国政法大学前校长,为改革和健全中国刑事司法制度作出了突出贡献。

(图/尹亚飞)

上层需要重视法官流失的问题,司法改革也应着力解决这个问题。我一直主张法官收入要比一般公务员高。这几年也开始有评级和一些新办法出台,但具体的、可实施的措施还没见到,很多人等不及就走了。

司法：依法办案与依权办案

刘仕毕
1993年成为县级法院法官，10年后调入广东省高院，当法官20年。2014年10月，高调离职。

（图／尹亚飞）

正规化、专业化、职业化法治队伍的建设任重道远，细节问题有很多。在新一轮司改中行政力量能否让位，是司法改革成败的关键，成败还要看以后的推进情况。

司法改革方向有了但路要一步步走

不少离职法官是法院骨干

刘仕毕：这两年法官离职的新闻屡见报端，不少离职法官都是所在法院的骨干力量，你觉得是什么让"铁饭碗"失去了吸引力？

陈光中：这个现象确实存在，而且一定程度上有增加的趋势。待遇不高，责任重。法官们办案都战战兢兢的，压力太大，自然就有人想要离开，很多人离开去当了律师。

在美国，情况完全不一样，法官一般是从律师里遴选出来的，有丰富的司法经验，钱也挣够了，然后去当法官，当法官有地位有荣誉。

刘仕毕：你觉得"离职潮"折射的深层问题是什么？主政者与顶层设计者从中需要考量哪些问题？

陈光中：我们说法治的稳定，除了法律本身的稳定和权威外，也包括人员的稳定。上层需要重视法官流失的问题，司法改革也应着力解决这个问题。我一直主张法官收入要比一般公务员高。这几年也开始有评级和一些新办法出台，但具体的、可实施的措施还没见到，很多人等不及就走了。

刘仕毕：离开的法官多数是所在法院的骨干，我连续几年都是院里的办案能手，我非常热爱我的职业，但越来越觉得爱不动了。

陈光中：离开的确实大多数是骨干，刚才说的流失更精确地说是精英层的流失，但到一定年纪，敢换环境的都是有些本事和能耐的。

刘仕毕：新一轮改革尚在试点阶段，人事财权不可能短时间实际变更，法官的待遇不可能突然优化。另一方面涉法维稳工作压力大，很多非审判性的工作牵扯法官的精力，在这种大背景下，你认为官方应如何应对法官队伍精英层的流失？

陈光中：但相应的改革步伐一定要加快了，不能真等到法院没人干活了再来谈改革。

刘仕毕：现在一名中级法院的法官一年三五百件案子太正常了，这是什么概念？平均一天就要处理一个甚至几个案子，有的法官一天要开几个庭，年纪轻轻的身体都垮了，我身边的朋友好几个神经衰弱天天喊扛不住。

而且，一个案子有几百案卷和十几案卷做完获得的回报一个样。我在高院工作收入还好些，到手的大概6000块，中院和地方法院的压力更大，但收入更少，法官成了办案机器，毫无尊严，我们自嘲是"法律民工"。

陈光中：这种节奏模式容易产生冤假错案。

以审判为中心支持法官独立判断

刘仕毕：还有就是法官要参与大量与本职工作无关的社会活动，特别是所谓进街道、社区、学校，这个和审判工作完全没关系。再有就是法官形象问题，现在推出的典型很多都是"法官妈妈"一类所谓密切联系群众，他们并不是因为审判工作成为典型，我就好奇，我们到底需要什么样的法官？

陈光中：非审判性工作占据法官太多精力的做法不可取，特别是在法官工作压力如此大的当下。但说到官方倡导的问题，确实应围绕审判工作的核心。法官是审判案件的主体，这个不该动摇。

刘仕毕：假设您2014年不到50岁，你愿意来当法官吗？为什么？

陈光中：哈哈，我觉得这个问题倒也不绝对，我们学校前两年就有一些年轻的教授去最高法，工作得也不错。当然那是最高法，真正吸引优秀人才进法官队伍还要进一步增加行业吸引力。至于我个人，做学问是我的梦想。所以，我可能不会去当法官。

刘仕毕：十八大后，法院系统对冤假错案集中整治，一批陈年旧案得以纠错纠偏。你如何看待错案追责制？对冤假错案，法官往往是最底层角色，这对法官是不是不公平？

陈光中：过去的冤假错案，绝大多数都不是法官个人定的，而且很多案例证明大多是当时政法委协调出来的结果。我认为现在说责任追究，应从我们正式颁布追责制度开始算起。

刘仕毕：的确，每次有冤假错案，舆论都喊着要追究，但至今也没见有哪个案子真正追究过，我觉得写上这一条，主要是为了回应舆论。

陈光中：那只是一方面，更重要的是，追责制度从长远看对预防产生冤假错案有很多积极影响，而且这也是大势所趋。我们应该明确，究竟什么样的错案要追究。我个人认为应当被追责的主要有两类，一类是枉法裁判，故意办错案，因受贿或人情关系而出现的错案一定要追责；另一类是渎职，法官对工作极端不负责任，疏忽大意，该查的没查、该看的没看，造成不好的后果，也必须要追责。

刘仕毕：非主观意识犯错的话不在此列。

陈光中：如果一位法官做完所有该做的工作，虽然案子最后出错了也不能追究。一个法官总要有自由裁量权吧。我们说要以法官为中心、以审判工作为中心，法律也支持他独立判断。可人不是神仙，焉能无错？这种情况下法官出错误，就不该追究。

刘仕毕：所以要有一个法官职业保障制度，把所有可能的情况都细化和制度化，优化法官的执业环境，让他们没有后顾之忧，不然法官得成惊弓之鸟、没人敢办案了。

陈光中：让法官提起笔来都哆哆嗦嗦，要求他们绝对不能犯错，这完全违背常识。

不能把法院楼交给政府盖

刘仕毕：从十八届三中全会后，新一轮司法体制改革的大幕拉开，上海等地率先开展改革试点工作。2014年7月，最高法公布"四五改革纲要"，刚结束的四中全会做出了全面推进依法治国若干重大问题的决定，可以说新一轮改革的框架、目标、方向基本成型了。

陈光中：能够看出高层推进司法体制改革，建设现代法治国家的决心。但有了这个框架，具体改革怎么开展，推进效果如何，还要静观其变。

刘仕毕：问题应该不少。一线法官比较关心改革中的人员分类管理中的法官员额制，"四五改革纲要"提出的目标是"健全法官、司法辅助人员、司法行政人员各自单独的职务序列"，这里面又涉及法官任职资格问题。

陈光中：前两天我刚从上海开会回来，他们试点后反馈提得最多的就是法官比例的问题。按试点要求，法官比例只能占到30%，但现在法院普遍超员，很多行政人员都占着法官的名额，这部分人怎么改革，很棘手。还有，法官助理划为司法辅助人员，这部分人年轻、学历高，是法院办案主力和骨干，也是未来法官主要的人才储备。改革要考虑这部分人的积极性。

刘仕毕：但法官定额是大方向。

陈光中：定额非常重要，只有定额才能保障法官检察官的精英化，才能把待遇真正提上去。上海在尝试，新进人员不再从书记员干起，实习过后就可当助理，之后条件符合的可直接晋升法官。跟过去书记员、助理审判员、审判员、副庭长、庭长的培养方式区别开来。

刘仕毕：另一项备受关注的是"省以下地方法院检察院人财物统一管理"，这跟法官待遇直接相关，也关系着去地方化是否能落实。

陈光中：根据上海试点的反馈，人财物统一管理他们提的不多，阻力是一定的。现在还在试点阶段，具体内容也不好讲。但习总书记讲话，省级以下的归省级管理，这不是改革的终点，而是依照现有条件先改到这一步。

再有就是上海经济发达，在上海试点不等于全国都能推行。因为经济发达，上海改革可能阻力小一点，上层应该是这么考虑的。应该再找穷一点的省试点，看看真实情况是怎样。我认为，中央要逐步加大司法经费的拨款力度，为以后进一步改革铺路。真正实现依法独立公正行使审判权检察权，就不能把法院的楼交给政府盖。

刘仕毕：经济上自己当家作主才能排除地方化的干扰。四中全会的决定里特别提到，要建立领导干部干预司法活动，插手具体案件处理的记录、通报和责任追究制度。

陈光中：此举要解决的是领导非法干预的问题。理想状态当然是干预越少越好，但依照具体国情，一些特别重大案件，像薄熙来案，涉及面非常多，还是需要有部门或机构出来协调，重点是保证这种协调要在法律框架内。

行政让位是司改成败关键

刘仕毕：法院院长的任职资格此轮司法改革并未提及，不少法律界人士颇为失望，社会上关于非法律专业人士主政法院的批评也从未断绝，阻力在何处？

陈光中：有个例子，浙江拟任命一个县委书记当地方中院院长，舆论反弹很大，非常不支持。

刘仕毕：法律界就更不认可了，法官或法院院长应当具备什么资格应有个标准，不能上头说指派一个人来，就来领导法官们了，外行领导内行完全不能服众。特别是没有任何法学背景的人，我们底下的人都要问句"凭什么"。

陈光中：所以虽然纲要和决定里都没有提到这一点，未来改革也要特别注意这一点。像现在周强和曹建明他们都是科班出身，他一说话你就知道他是不是内行，很多工作都好开展，地方上应该借鉴这样的经验。

刘仕毕：是，法院院长不是一个官职，而是法律权威的代表，应该有任职资格。新一轮的司法改革也确立了法官逐级遴选制度，是保障权威性的举措。之前存在这样的问题,比方说我们一所学校毕业,我去了地方法院而你去了高院,几年之后我就得听你的,那我肯定就有意见,还是那个"凭什么"的问题。

陈光中:逐级遴选制度就是为缓和这个矛盾。还有一点,四中全会的决定里提到"畅通立法、执法、司法部门干部和人才相互之间以及与其他部门具备条件的干部和人才交流渠道。"外行可能觉得这没什么,但这里提到的换岗和司法队伍的稳定性怎么结合?执法岗位一般就是行政岗位,他们不需要司法考试的。我心存疑虑,司法人员现在要过司法考试和公务员考试两关,执法人员不需要,这中间怎么衔接,搞不好会起副作用。

刘仕毕:正规化、专业化、职业化法治队伍的建设任重道远,细节问题有很多。在新一轮司法改革中行政力量能否让位,是司法改革成败的关键,成败还要看以后的推进情况。框架已定,陈老对未来的改革前景乐观吗?

陈光中:从决定的内容看,许多内容比我之前想象的规定得细致,有超乎想象和惊喜的部分,当然也有需要仔细斟酌的部分。但改革是一步步来的,关键还是之后的路怎么走。

(文/卢美慧)

张飚

新疆石河子市人民检察院监所检察科原检察员，2011年退休。从事政法工作32年，助张高平、张辉叔侄俩翻案。

我一直有个看法，如果不是受到了不公正对待，他们不会反反复复、花上几十年来申诉，这个道路真的非常漫长、艰难，他们也更敏感，假如我们处理不当，对他们来说又增添了感情上的伤害。

司法：依法办案与依权办案

念斌

念斌投毒案主人公，该案历时8年10次开庭审判，4次被判处死刑立即执行，最终判处无罪释放。

现在感觉自己还处在很浓的迷雾中。案子现在还是定义为疑案，给我解除的只是身体的枷锁，心理的铁链还很牢固。

疑罪从无就是正义

念　斌：你觉得作为检察官应当如何听取对方诉说他认为的冤情？

张　飚：热情细心听他的需求，分析材料。让别人说话，天塌不下来。我一直有个看法，如果不是受到了不公正对待，他们不会反反复复、花上几十年来申诉，这个道路真的非常漫长、艰难，他们也更敏感，假如我们处理不当，对他们来说，又增添了感情上的伤害。

念　斌：检察官是否负有伸张正义、纠正错案的责任？

张　飚：肯定负有此责任。我们说依法治国、依宪治国，宪法第129条明文规定，检察机关是国家法律监督机关。错案必究、违法必追，这是基本职责。对检察官来说，办一千个、一万个正确的案件，是应该的，办一个错案，就是不可逆转的。

念　斌：你如何看待"疑罪从无"？

张　飚：如果很多证据表明不构成犯罪，或者没有足够证据证明犯罪，都要无罪释放。从法律程序上来讲，这就是正义。落实到现实中，有些人对这个原则有看法，我觉得正常，部分人的看法不会影响社会前进的脚步，只能等待历史的沉淀。

念　斌：一些冤假错案，是检察院与公安关系密切造成的，你怎么看？

张　飚：检察机关与法院、公安机关是相互制约的。检察机关对公安机关、法院进行监督，一旦发现任何违法事件，可以要求改正直至追究刑事责任。有些时候，公安机关抱有赶快破案、对社会有个交待的观念，或是追求破案率，通过政法委给检察机关施加压力，导致检察院对案件监督不到位，这些都是不正常现象。

我觉得依法治国的进程里，不敢说能绝对杜绝，执行者观念、思想认识不到位，有可能仍然出现偏差，但这些现象肯定会慢慢地减少。

念　斌：你觉得应当如何追责？

张　飚：首先公检法都要承担相应责任。其次追责一定要到位，光针对办案人员，而没有涉及决策者，是不到位的。苍蝇背后有老虎，打了老虎，打苍蝇的阻力才能变小。

希望对枉法者问责

张　飚：重获自由是什么感觉？
念　斌：能跟家人团聚，我很高兴。8年入狱折磨，从2006年8月7日被捕到2014年8月22日获释，我每天都在数日子。现在身体很不好，身心都是病。
张　飚：从当庭释放到现在，心态会发生变化吗？
念　斌：当庭释放时很兴奋，觉得8年的黑夜过去了。但现在感觉自己还处在很浓的迷雾中。案子现在还是定义为疑案，给我解除的只是身体的枷锁，心理的铁链还很牢固。我现在和这个社会脱离太久，如同8年前刚被冤枉时的感受一样，非常不适应。
张　飚：狱中你曾想过自杀，为什么后来打消了这个念头？支撑你继续生存的是什么？
念　斌：如果自杀了，家里人和律师朋友就会失去坚持的基本动力，错案就不能纠正，我念斌就会永远背上杀人犯的恶名，我的家人就会一直是杀人犯家属，这没人能承受。
张　飚：这些年很多人在为你的案件奔走，最想对他们说什么？
念　斌：我得说感谢，这句话听起来实在又太轻了。可除了这句话，我还能说什么呢？
张　飚：你会对法律感到失望吗？
念　斌：8年中法院反复判我死刑，每次听到判决，我第一反应当然是很失望；直到2014年的无罪判决，释放给了我希望。但现在如果不对当年的办案人员进行问责，我仍会很失望。
张　飚：会对公检法群体有偏见吗？为什么？还有另外的期待吗？

念　斌：我觉得我只是我，有没有偏见并不重要，但公检法群体是公职人员，做符合他们职业道德的事，是他们的本分。否则，就应被问责。

张　飚：对于自己的案件还有什么期望？

念　斌：我最大的希望是得到道歉和对当年的办案人员问责，以及及时追查真相，这才能向社会证明我的真正清白。

张　飚：假如没有发生这些事情，你的人生规划是怎样的？

念　斌：我一个平民百姓，能有什么规划？就是工作赚钱养家，当时就想准备出国打拼，给家人创一个好的环境，好好教育孩子。

张　飚：接下来怎么打算，会继续申请国家赔偿吗？

念　斌：那当然，肯定申请，同时我将对枉法者提出追责请求，希望公安部能成立专案组查清真相。

（文／朱柳笛）

汤计

新华社内蒙古分社记者,在呼格吉勒图案件重新调查中起到重要推动作用。2015年1月22日,新华社党组决定给他记个人一等功。

(图/郭铁流)

我就想一定要还他一个公道,让父母不再为有一个"流氓杀人犯"的儿子耻辱。他妈说过,我宁可被车撞死,好挖心的话(流泪)。一想到这些,我就有动力去做。

司法：依法办案与依权办案

有一种动力让我坚持到底

1996年，内蒙古自治区18岁的呼格吉勒图被法院认定奸杀一女子，被执行死刑（"4·09案"，又称呼格案）。9年后，身负多起命案的赵志红落网，自称他才是呼格案的凶手。由此，呼格吉勒图的父母开始了漫漫9年的申诉路。

过去的9年，汤计就像一个刚入行的新记者一样："不懂"人情世故、"不顾"官场规则，执着地"挑战"公检法系统。

2014年11月20日上午，内蒙古高法向呼格吉勒图父母送达立案再审通知书，备受关注的呼格案进入再审程序。

他原本以为自己会哈哈大笑，没想到真到此刻，竟是一场大哭。

"有时候书生还是单纯"

发第一份内参后，汤计一年多没再介入案件。他想，政法委结论一出，公检法一开会，走法律程序，案子就翻了。

新京报：最初怎么关注这个案子的？

汤　计：2005年冬，李三仁夫妇（呼格吉勒图父母）最先找到呼市一个有名律师，被告知这个案子他办不了，得找新华社的汤计。我1989年从山西分社调到内蒙古分社，主要跑政法。

这老两口老实巴交的，说儿子被枪毙了，现在又找到了"凶手"。新闻人都有一个特点，同情弱者。

新京报：听闻此案，你第一反应是什么？

汤　计：我当时想，到底有没有这个事？我打电话给呼市公安的朋友，他们证实确实抓获一个系列命案的嫌疑人。然后我问，这其中有没有毛纺厂的命案？人家说有，（赵志红）都交代了。再想深问，对方就不说了。

新京报：那你接下来怎么办？

汤　计：我安排了一个年轻记者，到案发地毛纺厂调查外围，我去赵志红专案组跟他们聊天。都是多年的朋友，其实我们的警察都很有正义感，大家都认为这是"冤案"。

而且当时内蒙古公安厅已成立了专案组，专门复核呼格吉勒图案。但当时呼市公安局主要领导不愿再翻这起陈年旧案，复查难度很大。

于是，2005年11月23日，我根据采访内容写了第一份内参，题为《内蒙古一死刑犯父母呼吁警方尽快澄清十年前冤案》。

新京报：这篇内参反响如何？

汤　计：很快，这篇报道就引起了中央有关领导的关注，内蒙古自治区政法委也于2006年3月初，成立了"呼格吉勒图流氓杀人案"复查组。

当年8月，复查有了结论，自治区政法委一位领导对我说，调查结论是："当年判处呼格吉勒图死刑的证据明显不足，用老百姓的话说是冤案。但政法委不能改判，得走法律程序。我们要求自治区高级法院复查，向最高人民法院汇报，两家成立复查组，然后走法律程序。"

新京报：这结果似乎不错，你当时怎么想？

汤　计：我一听挺好啊。我隔了一年多没再介入这案子，一个重要原因就是我不能干扰调查呀。

我当时想，政法委结论一出，公检法一开会，走法律程序，这案子不就翻了吗？有时候，书生还是比较简单，想得还是单纯。

"加急"的"偿命申请书"

赵志红在看守所写了偿命申请书,想邮寄给检察院,看守所有个警察担心这个申请书到不了高层或丢失,一定要亲手交给汤计。

新京报:你低估了案件的复杂性?

汤　计:是的,在复查中,公安机关认为当年的呼格案弄错了,公诉机关也认为当年起诉呼格案凶手的证据不足,但法院认为没有新的物证,仅凭赵志红的口供不能启动再审程序。

新京报:你什么时候意识到问题不简单的?

汤　计:2006年11月28日,赵志红案不公开审理。10条命案只起诉9条,但呼格案没有起诉。我当时很震惊,心想,咋会这样?这个案子是秘密开庭的,但很多干警给我通气,警察信仰的就是法律,对就对、错就错。于是,我赶紧写了第二份内参,题目为《呼市"系列杀人案"尚有一起命案未起诉让人质疑》。

新京报:你掌握了新的证据?

汤　计:无巧不成书。2006年12月5日,赵志红在看守所写了偿命申请书,想邮寄给内蒙古自治区检察院,看守所有个警察担心这个申请书到不了高层,又或者丢失,一定要亲手交给我。
到我办公室后,那位警察给我看了工作证,说了这个事,把(偿命申请书)复印件交给我。然后,他就像完成一项使命一样,掉头就走。我当时特别感动,这个警察的责任心,他的法治精神和正义,令我非常震撼。

新京报:那你接着怎么做的?

汤　计:我没敢耽误。当年12月20日,(偿命申请书)一字不改,写了一篇情况反映《"杀人狂魔"赵志红从狱中递出"偿命"申请》发到北京。我们以前没这么发东西的,值班副总、分管业务的副社长、社长,一字不动发到北京总社,走的"加急"通道,总社又经过多关审核,但没一个领导说"毙了"。

情况反映得到了中央领导、最高检领导的批示，呼市中院对赵志红的一审被暂时"休庭"，总算"枪下留人"。

新京报： 当时内蒙古自治区检察院是什么态度？这份申请书原本是递给他们的。

汤　计： 当时内蒙古自治区检察院的检察长是邢宝玉（已退休），我非常佩服他的为人。他直接给我打电话，申请书应该是给我的，怎么到你那儿了？他以为到我这儿的是原件。我就笑了："你没看到吧，那说明你们那儿有'肠梗阻'。"结果，一个小时后邢宝玉再次打来电话说对不起，原件是在我们这儿。

司法系统换届　延误案件进展

"我从有关人士处了解到，每当自治区政法委研究呼格案时，内蒙古高院派出的参会领导都是那位呼格案的二审审判长。"

新京报： 既然各方都有积极因素推动，为何再审程序迟迟没公开启动？

汤　计： 那时中院、高院不认可公安、检察院的新线索，让公安拿物证。都十年了，根据案发时的保存条件，关键物证没了，精斑啥的都丢了。

但呼和浩特市中院有关人士说，仅有赵志红的口供，没有犯罪物证，不能认定"4·09"案件的真凶就是赵志红，那也就不存在呼格吉勒图案的错判问题。

新京报： 你当时心里着急吗？

汤　计： 心里真着急，这不是故意设障吗？事实上，在呼格吉勒图案上，赵志红是不是真凶不是最重要的，最重要的是，当时办案的事实是否准确？证据是否扎实充足？如果不是，那就应该疑罪从无嘛。

2007年初，我把呼格案的相关材料梳理一遍，第三次写了内参，共两篇文章。一篇是《死刑犯呼格吉勒图被错杀？——呼市1996年"4·09"流氓杀人案透析（上）》，另一篇是《死者对生者的拷问：谁是真凶？——呼市1996年"4·09"流氓杀人案透析（下）》。

我把公检法三方的意见都摆出来，领导也不傻，几方一比对，能明白问题出在哪儿。

其间，我从有关人士处了解到，每当内蒙古自治区政法委研究呼格案时，内蒙古高院派出的参会领导都是那位呼格案的二审审判长。

新京报：*法院不响应，还有其他办法吗？*

汤　计：当时，我跟检察长邢宝玉交流，呼格案这么长时间，检察院咋不抗诉呢？你这有权啊。他说，现在不能抗诉，法院目前这个状况，抗诉了，它肯定就维持原判，一维持原判，这个案子在法律程序上就真死了。明明是疑罪从无，你却将它弄成死结。此案应该由最高检抗诉，异地审理。

我一下子豁然开朗了。我当时寻思，能不能跨省区异地审理？于是2007年11月28日，我写了第四篇内参，题目是《内蒙古法律界人士建议跨省区异地审理呼格吉勒图案件》。这篇文章目的非常明确，专门针对法院。

新京报：*但后来还是没有实质性进展？*

汤　计：一转眼到了2008年，最大的问题是，"铁打的营盘流水的官"，政法委、公检法几乎都换人了，新来的领导谁会积极协调这事？那段时间人最低潮，心里最难受。

案件启动再审　汤计大哭一场

"那天我一下失控了，我和他们老两口全哭了，他俩抱着我。那天离开他家时，老李两次上来拥抱我，他嘴拙，也不会说啥。"

新京报：*既然这么困难，为什么还是要坚持？*

汤　计：我一看见那俩老人（呼格吉勒图父母），心里就特别难受。内蒙古每年人代会都是1月5日左右开，那是内蒙古最冷的时候，零下一二十摄氏度，老两口就站在那儿，就那么站着，也不闹。我作为一个参会记者，每次看到他们又不能打招呼，也不能说点什么别的安慰，还要假装没看见，你说心里是啥滋味？（流泪）

新京报：这确实是件很让人难受的事情。

汤　计：我觉得不应该出现这种情况，明明有问题，而不去解决，逼着人家遭那罪。这种情况如果不纠正，说不定哪天就落在自己头上，所以我看着心酸（流泪）。

我说过，一个好记者一定得是好人（流泪），你不是好人，就不会有同情心，不会有慈悲心。有了同情心，你才会有明辨是非的思想、能力，才有做事的动力。

新京报：作为一个老记者，你每年接触那么多人，为什么对这个案子这么动情？

汤　计：我接触过好多上访对象，有的是不给退休金，有的是房子被强拆了，有的是被骗了，但这些终归都是物质的东西，多与少，它不是生命。

老来丧子是人生的最大悲哀，失掉孩子的痛在父母心中永远抹不平，这种痛我能体会。各种证据显示，呼格吉勒图可能是冤死的，我要像对自己的孩子一样，一定要把这个孩子的名声给他挣回来。

你可以想象，当初被枪毙时，这孩子被五花大绑，要作为凶手杀掉，但案子如果不是他干的，他该多么无助啊；他的父母，眼睁睁看着孩子被枪毙，又是多么无助。

新京报：所以你觉得应该要坚持？

汤　计：我就想一定要还他一个公道，让父母不再为有一个"流氓杀人犯"的儿子耻辱。他妈说过，我宁可被车撞死。好挖心的话（流泪）。一想到这些，我就有动力去做。

2011年1月，胡毅峰被任命为内蒙古高院院长，我觉得时机到了。他之前在政法委就一直关心这案子。当时我就想，换一个角度吧，让社内做了一个电视片在优酷上播出，反响很大，接着其他媒体又跟进。社会反响热烈。

2011年5月5日，我又写了一篇内参，标题是：《呼格吉勒图冤死案复核6年陷入僵局，网民企盼让真凶早日伏法》。这个内参引起了最高院领导的重视，批示下来，内蒙古高院组建了一个复查小组。

新京报：那时这个复查小组的结论是什么？

汤　计：2013年初，内蒙古高院内部启动复查呼格案，结论认定呼格案原审判决证据不足，并上报自治区党委。经自治区党委同意，上报了最高院。胡毅峰很积极，法院内部先前的消极因素被禁止介入，案子因而推动很快。

新京报：所以2014年11月20日，内蒙古自治区高院送达再审通知书时，你很高兴？

汤　计：我原本以为会哈哈笑，但当这事真正来临，那天我一下失控了，我和他们老两口全哭了，他俩抱着我，我真正感受到了什么叫做大喜大悲。那天离开他家时，老李两次上来拥抱我，他嘴拙，也不会说啥。

■ 链接一

汤计五篇内参

【第一篇】

背　景：汤计接触呼格父母了解案情，并接触专案组初步了解案情。

2005年11月23日，《内蒙古一死刑犯父母呼吁警方尽快澄清十年前冤案》。

【第二篇】

背　景：2006年11月28日，赵志红案不公开审理，10条命案只起诉9条，呼格案没有起诉。

2006年12月8日，《呼市"系列杀人案"尚有一起命案未起诉让人质疑》。

2006年12月20日，加急情况反映《"杀人狂魔"赵志红从狱中递出"偿命"申请》，并附上"偿命申请书"。

【第三篇】

背　景：呼市中院称，仅有赵志红的口供，没有犯罪物证，不能认定真凶就是赵志红，那也就不存在呼格吉勒图案的错判问题。

2007年初，《死刑犯呼格吉勒图被错杀？——呼市1996年"4·09"流氓杀人案透析（上）》、《死者对生者的拷问：谁是真凶？——呼市1996年"4·09"流氓杀人案透析（下）》。

【第四篇】

背　景：与时任内蒙古自治区检察长邢宝玉聊过后，针对法院程序提出跨省区异地审理。

2007年11月28日，《内蒙古法律界人士建议跨省区异地审理呼格吉勒图案件》。

【第五篇】

背　景：胡毅峰上任内蒙古高院院长，积极推动呼格案复查。

2011年5月5日，《呼格吉勒图冤死案复核6年陷入僵局，网民企盼让真凶早日伏法》。

(文／谷岳飞)

■ 链接二

呼格吉勒图之后我没有新朋友

2014年11月1日上午,呼格吉勒图的父母来到儿子的墓地,母亲哭着对呼格吉勒图的墓碑说:"孩子,这些年妈妈一直在为你申冤,案子要再审了……"

(图/IC)

闫峰与呼格吉勒图生日只差几天,是"很要好、很铁的朋友"。

同样年龄,同样的工作起点,闫峰觉得两人原本会有大致相同的人生轨迹,但18年前的那起奸杀案,"他死了,我的生活也扭曲了"。

此后闫峰变得胆小,遇事就躲,18年里没跟人吵过架,尤其怕跟警察打交道。呼格吉勒图死后,他没多久就离开了卷烟厂,此后没有一份工作超过两年,没再稳定过;他37岁了,还没结婚。

闫峰会偶尔梦到呼格吉勒图。18年没抹去闫峰记忆里的呼格吉勒图,一直是年轻的样子。

他的朋友都是小时候认识的,问有没有1996年之后认识、关系很好的朋友,他想也没想就说"没"。问对现在的生活,问得多了,他会轻声嘟囔,"说这个有啥用呢,日子又不能从头来一遍。"

他是我唯一能说话的人

新京报：呼格吉勒图去世18年了，这18年里，你最难熬的是什么时候？

闫　峰：他被枪毙以后那段时间，还有就是赵志红被抓的那年，都是心里最麻烦（呼市方言，心里难受的意思）的。

新京报：两次心理感受应该是不同的。

闫　峰：不一样。他被枪毙后的那段时间，我特别难受，我性格偏内向，爸妈都有些疾病，从小跟外公外婆长大，没什么说话的人。在卷烟厂车间，除了呼格吉勒图，其他工人都比我大。他是我唯一能说话的人。

我们一起吃饭喝酒，一起游泳，一起去录像厅看香港的武打片，原本都挺好的。那个案子，我都没想明白怎么回事，报纸上就铺天盖地地说呼格吉勒图是强奸杀人犯，没多少天就给枪毙了。

新京报：你相信过吗，呼格吉勒图是杀人犯？

闫　峰：我相信过。那时候人们获知信息的渠道就报纸电视，报纸上绘声绘色地写，大家都相信。可能他家人不信，但是真正给呼格吉勒图讨说法，不也是赵志红落网之后吗？

新京报：但你说过当时的报道很多是虚构的？

闫　峰：是，大多数跟我当天晚上的记忆都不一样。报纸刚出来的时候，我拼命跟周围人说，不是那样的，警察和报纸都在撒谎，但没人相信我，大家都觉得呼格吉勒图是坏种，我和他都是会偷看女厕所的流氓。

新京报：最后是什么让你相信了？

闫　峰：最后说他指甲缝儿里面有死者的东西，还有血型什么的。

新京报：到赵志红落网，才选择相信自己的记忆？

闫　峰：之前9年都很纠结，一会儿觉得是真的，想呼格吉勒图的为人，又觉绝对不可能。赵志红被抓时我看报纸，当时还没人把呼格吉勒图的案子跟赵案联系起来，卷烟厂公厕的案子只有几句话。但是就那几句话，我就明白了，呼格吉勒图是冤枉的。

新京报：你有时候会想，自己当时说的一些话让警察认定呼格吉勒图是凶手吗？

闫　峰：警察问呼格吉勒图为人怎么样，有没有看过黄色录像什么的。我也不知道他们为什么这么问，我说他人很好，我们没看过。但警察翻来覆去问，还很凶。我就说没有，后来我说了一句呼格吉勒图跟我说过黄色笑话，这也是实情，我们那个年纪不是很正常吗？

那个事情当天晚上他们打完呼格吉勒图就定性了，我说和不说，会有所改变吗？但是后来我也难受过，为什么不跟警察多说一些他是好人，当天10分钟的时间怎么够杀个人？

酒醒后　日子还得过

新京报：这些年心里难熬的时候怎么排解？

闫　峰：找朋友喝酒。呼格吉勒图之后我没有新朋友，就是找老同学什么的喝酒，喝到大醉，有时候大哭一场，到后来哭都哭不出来，就把自己喝到人事不省。一觉醒了，日子还得过。

新京报：会跟周围的人说起他吗？

闫　峰：很少，那时候在外人眼里他就是强奸杀人犯，不想提。这些年也不大想跟周围人说，人都没了，说也难受。

新京报：这些年都不怎么跟呼格吉勒图的家人联系？

闫　峰：很少。我其实挺怕见他家人的，因为坐在一起话题就少不了他。记者一采访他妈妈就哭，她一哭我心里就特别难受。赵志红落网那年，我自己去看过一次。

新京报：会经常想起呼格吉勒图吗？比如喝醉酒之后，自己独处的时候？

闫　峰：他死的那年会，不知怎么的就在脑海里蹿出来了。有时候做梦会梦到他，但在梦里他也不说话，就是一个人影在那里。醒来后时常恍惚，总觉得他还活着，我们还能一块干活儿喝酒。后来慢慢就少了，喝酒也是为了不去想很多事情。

新京报：除了网上公布的那些照片，你现在还记得他的样子吗？

闫　峰：记得，要说也奇怪，毕竟18年了。记忆里他也不只是照片中的那个样子，很多样子，很活泼很仗义，有时候都不敢想他要是活着也像我现在一样老了。他的样子一直都是18岁的。

恐惧一直伴随到现在

新京报：你个人受这个案子最大的影响是什么？

闫　峰：人们总在背后指指点点，所以没多久我就离开卷烟厂了。一直到现在，没有一个工作超过两年。现在每月工资也就2000多一点儿，家里条件不好，对象谈一个吹一个。

要是没离开卷烟厂，月工资应该是现在的三四倍，生活就会不同吧。那时我跟呼格吉勒图最大的梦想就是能从卷烟厂转正，如果没那事，我们肯定是第一批转正的。

新京报：会觉得生活中的不顺心多多少少都跟这案子有关？

闫　峰：多多少少吧。人可能都这样，会想很多如果。如果当年没经过那里，如果当年不去报案，人生可能就完全不同了。

当然，如果没有这个案子，呼格吉勒图也好，我也好，都会遇到生活里的烦恼，也可能没那么成功，但好歹他是活着的。

新京报：性格呢？

闫　峰：我本来就很内向，不太爱跟人打交道。这案子之后就更不愿意了，我变得很胆小、怕事。说起来你可能不信，这18年，我去过很多地方，换过很多工作，但我从来没有跟任何人吵过架，遇到事就躲，再也不会往上冲了。

再有就是怕跟警察打交道，呼格吉勒图的案子让我彻底怕了。我见他最后一面，他蹲在地上被铐在暖气片上的样子，我还记得。我也清楚地记得，警察审我时我亲眼看见自己两条腿都在哆嗦。那种恐惧一直伴随到现在，不想跟警察有任何接触。

我也不知道去怨恨谁

新京报：会因为呼格吉勒图的案子特别关注一些冤假错案吗？

闫　峰：河南那个赵作海的案子我记得很清楚。跟呼格吉勒图一样，也是屈打成招，受了很多罪。但是好歹他的命还在，命还在，他就是幸运的。

新京报：关注那些案子会有哪些想法？

闫　峰：没有特别的，就是看看，真正身处其中，你就知道你什么也改变不了。有时候会想，为什么呼格吉勒图的案子要等那么多年。还会想，一个人还有与他相关的很多人的命运就能那么轻易被改写。

新京报：对你来说那种影响是潜移默化的，无形的？

闫　峰：是。我的痛苦肯定远不及他的家人，但卷了进来，这十几年的生活莫名其妙就会跟这个事情有关系。我现在还在看当年看的一些电影，生活在以前的圈子里，因为这样可能从心理上来说觉得比较安全。

我的上一份工作是在玻璃厂，每天进车间头顶上就悬着好大一块玻璃，玻璃这东西，只要有点裂纹就会碎掉，我就每天战战兢兢的，后来就不干了。其实真的发生了吗？没有，但那种恐惧一直伴随着我。

新京报：心里会觉得因为这件事或者一些人，生活被毁了而去怨恨吗？

闫　峰：我早记不得当时那些警察的脸了，我当时甚至不敢看他们。我也不知道,在呼格吉勒图这个案子里,究竟哪些人昧了良心撒了谎,最后造成了这一切。说白了就是去怨恨,我也不知道去怨恨谁。话说回来,恨有什么用呢?

(文/卢美慧)

行政：反四风官不聊生？

自2012年12月起，一场"反形式主义、反官僚主义、反享乐主义、反奢靡之风"（简称"反四风"）活动在各级政府中开展，政府工作作风为之一新。

陆群，一位纪委官员，在工作中对政府形式主义等作风的转变感受深刻。胡木英，"红二代"，对父辈身上的延安精神记忆良深，对当下官员风气有批评亦有希望。

叶青，曾连续8年在全国两会上呼吁公车改革；马建华，10多年前就关注、介入公车改革。他们两个人，对公车改革的观点值得倾听。

叶青

湖北省统计局副局长、中南财大教授,曾连续8年在全国两会呼吁公车改革。

这一年个人基本上没有什么变化,最开心的事就是车改方案终于出台。

马建华

杭州市发展和改革委员会体改处调研员,杭州车改方案的设计者。

车改搞这么多年,一直不太满意,但2014年中央的车改意见出台后,发现杭州大多领导都喜欢杭州的车改方案,他们慢慢适应了没有公车的工作与生活,自己觉得还是很欣慰的。

公车改革难点在地方

新京报：据你了解，中央机关单位的公车改革进展如何？能按期交卷吗？

叶青：了解到一些情况，中央机关单位的改革基本上进展顺利。中央机关单位的公车改革问题不大。中央公车改革方案出台之前，就已有了一批试点单位，提供了可以借鉴的经验。北京是全国公共交通最好的地区，不论是地铁还是公交，都很便利，所以中央的车贴标准应该比地方低。

不过，退休的副部级领导干部是否纳入车改范围，这最好能明确。退休之后，公务出行需求明显降低，所以退休的副部级领导干部应该享受车补或者按需派车，不应该再有配车待遇。

新京报：那地方车改呢？虽然地方车改的截止时限是2015年底，但按照要求应该2014年底前上报改革方案。

叶青：公车改革的难点在地方，越到基层问题会越复杂，这很正常。因为制定地方车改方案的人，同时也是享受配车服务的人。一些官员有抵触心理，这很正常。比如我自己，原来我一直主张，司局级的车补标准每月1200元就够了，这是我实际测算得出的结果。

新京报：既然地方车改的难题比较多，那么能按期完成改革吗？

叶青：呼吁车改这么多年，原本对于到底能不能改革到位，我还心有疑虑。但现在我很有信心，因为中央的改革决心和力度很大。当然，地方车改会有阻力，会经过一个比较艰难的磨合期，个别地方也许还会"卡壳"，但是我看好改革的前景。

新京报：公车改革后，计算"三公经费"有变化吗？

叶　青：目前公开的"三公经费"，虽然包括了车辆购置及运行费，但并不包括养公车司机的费用，也不包括有的单位自己负责的公车费用。由财政资金供养的公车数量非常有限，现在通过"三公经费"看到的各级政府、各单位的公车费用，都没有晒出全部的、真正的公车费用。公车改革的账必须算总账，必须"全口径"。比如公车司机人员开支，在编、聘任、借调各种情形都要统计等，都要计算在内。

既坐车又拿钱最可怕

新京报：杭州车改的情况怎样？

马建华：2003年，杭州的车改从村镇街道开始逐级向上，直到2014年初全市车改已全面完成。现在广大公务员，包括很多领导都适应了没有公车，上下班、日常公务都会根据自身情况、工作地点远近优化配置多种交通工具，大家距离单位近一点骑车，或走路上下班，出去开会骑个公共自行车也习以为常。

中央车改指导意见允许车改单位保留一部分特殊公务，弹性太大，"保留必要的执法执勤、机要通信、应急、特种专业技术用车和按规定配备的其他车辆"很容易被地方钻空子，日常用车难以监管，最终将走到"既坐车又拿钱"的"双轨制"道路上去，这是车改最忌讳、最可怕的结果。

新京报：用车补贴的标准怎么更合理？

马建华：杭州市乃至浙江省的其他已车改的10个地区，车贴体系都是实职、虚职分开的，实职高于虚职。此外，车贴标准向基层倾斜，乡镇高于县区，县区高于市级，淡化职务职级因素。

新京报：你认为地方车贴标准应该比中央高，还是低？

马建华：地方补贴应比中央要高，车贴不能仅以够不够用衡量，也不能简单认为低于当地最低工资标准就合理，需要考虑各种因素。这必须要考虑中央和地方、官和吏、城市和农村、实职和虚职、有车和无车的差异。地方车贴标准还要充分考虑中央和地方在公务种类、公务区域、出行频率以及可供选择的公务交通工具等方面的差异，不能认为中央机关的职务级别高，车贴就要比地方高。

新京报：有声音认为车改的目标不够清晰，你怎么看？

马建华：最低目标须服从最高目标。公车改革的最高目标，是建立新型公务用车制度从实物保障转向货币补贴。最低目标，是减少财政支出，杜绝不正之风。目前看，其最低目标容易实现，但"双轨制"留下了许多钻空子的机会。只有"单轨制"才是彻底的改革。

新京报：取消一般公务用车后，组建公车服务中心，或向社会租车解决公务用车会不会遇到问题？

马建华：问题肯定有，但取消是不行的。公车服务中心承担着车改后公务交通运行的很大一部分职能，社会上车辆服务机构现在还无法达到公车服务中心的服务水平。但是要保证其有效运行，公车服务配套、驾驶员素质仍要提高，招聘来的驾驶员如果连路都不认识，耽误时间不说，主要是影响工作。

(文／王姝、郭永芳)

胡木英

中共著名理论家胡乔木之女,退休干部,延安精神研究会理事,北京延安儿女联谊会会长。

父辈们从延安走过来,生活艰苦朴素,他们从来不关心物质条件,一心扑到工作中。

革命后代要全力支持反腐

反腐是场"你死我活"的斗争

新京报：2014年你在"延安儿女联谊会"新春团拜会上的讲话引起很大反响，你是即兴发言还是准备了很久？有人授意吗？

胡木英：讲话并没有复杂的背景。这两年习近平总书记带领下的反腐斗争，给我印象深刻，中央向弥漫多年的歪风邪气开刀，很鼓舞人心。我感觉到这是一场艰难的斗争，应该动员社会各界力量支持习总书记。作为延安儿女、革命后代，我们应该发出自己的声音，在团拜会半个月前，我准备这篇发言稿，把大家平时的意见综合起来，代表大部分革命后代的想法。

新京报：你说在讲话中提到，党中央"反四风"是"动真格的了"。你从哪些方面感受到的？

胡木英：关键不是看说了什么，而是看做了什么。以前也提反腐倡廉、群众路线，但没有长久践行下去，成效不大。习总书记不仅态度鲜明地提出"反四风"、反腐倡廉和群众路线教育实践活动，而且带头实践，落到实处。他亲自去河北参加民主生活会，出行不封路等等。上面带了好头，政策才容易推行。

在反腐方面，老虎、苍蝇一起抓，大家是有目共睹的，把周永康、徐才厚等党内的大蛀虫抓起来，中央反腐的力度和决心是空前的。

新京报：你说"这场斗争极为复杂，是一场你死我活的斗争"，这是基于哪些观察得出的？

胡木英：党内的腐败分子数量不少，从基层干部到高级干部都有，他们已经丢掉了共产党的信仰，走到了人民对立面。为了保住他们的既得利益，他们不会坐以待毙，会利用手中权力反扑。

"官老爷"消极对抗"反四风"

新京报：你观察到的"反四风"的效果如何？

胡木英：奢靡之风和享乐主义得到有效遏制，上面抓得严，下面不敢胡作为。但是官僚主义和形式主义还普遍存在，现在对"胡作为"有禁止性规定，但对"不作为"的惩罚较少。有些党员干部消极不作为，生怕出问题。

我们联谊会筹资拍了一部反映延安儿女精神风貌的纪录片《延安的儿女们》，拍完后到各部门送审，三年还没有审批下来。各部门相互推诿，这是典型的官僚主义作风。

新京报："反四风"中存在哪些困难和阻力？

胡木英：阻力来自党员干部内部。有的共产党干部已经变成了"官老爷"，对人民趾高气扬，讲排场，要享乐。他们过去放松惯了，现在突然紧张起来，会不习惯，有抵触情绪，有的行为上不敢违抗，但消极对抗。

新京报：有官员抱怨道，"反四风"对工作和生活管得太死，"官不聊生"，你怎样看待？

胡木英：这根本不是共产党员应该说的话。共产党的宗旨是全心全意为人民服务，而不是贪图享乐。把人民利益放在心中，就不会在意自己过得怎样。父辈们从延安走过来，生活艰苦朴素，他们从来不关心物质条件，一心扑到工作中。如果抱怨，还不如自己主动辞了。

极少数"红二代"破坏革命后代形象

新京报：延安儿女联谊会是怎样的组织？平常有什么活动？有很显赫的

"红二代"参加吗？

胡木英：延安儿女联谊会是由革命后代自发组织起来的，组织很松散，没有在民政部门正式注册登记。联谊会成员很广泛，父辈是1949年以前参加革命的后代都可以参加联谊会。联谊会并不仅仅是围绕着显赫的领导人的后代转，这个团体中不仅有元帅的儿子，也有红军战士的后代。在这个团体中，大家都是平等的。

新京报：新春团拜会是联谊会最重要的活动，是怎么组织的？

胡木英：联谊会是在春节前后，把延安儿女组织起来团拜。形式很简单，用很少的钱租一个老旧礼堂，大家聚集起来，吃的喝的都不发，就发我们印的一页小报，介绍这一年的活动发展情况。每年团拜会都有四五百人参加，气氛很活跃，大家踊跃发言，想为社会贡献余热。

新京报：社会上对"红二代"有些非议，认为他们享受了特权。

胡木英：这种看法是不对的。"红二代"是社会上对革命后代约定成俗的称谓，这个称谓比较模糊。大多数"红二代"都是普通人，勤勤勉勉工作，直至退休。以我的亲身经历而言，上过山下过乡，我都跟同龄人一样，没有任何特殊待遇。

但是不排除有极少数"红二代"，腐化堕落，利用父辈的权力捞好处、挣大钱，背离了人民群众。我认为不能把他们称为"红二代"，称为"官二代"更合适。这极少数人破坏了我们革命后代的形象，辜负了他们父辈的革命教育。

新京报：你在团拜会上呼吁，"红二代"对于中央反腐要"不打横炮、不帮倒忙"，是针对什么？

胡木英：当前反腐形势很严峻，我们作为革命后代，肩上的责任更加重大。我们要全力支持习总书记反腐，管好自己的嘴和手，不搞特殊化。

陆群

湖南省纪委预防腐败室副主任,另一个身份是微博红人"御史在途",经常在网上发表言论,引发舆论关注。

一任领导身兼70多个协调机构的职务,若他出席所有的协调机构会议,光开会一年就要花两三个月时间。

不能用形式主义反对形式主义

两手空空来，一杯白开水招待

新京报：你认为这一次"反四风"，与以往抓工作作风有何区别？

陆　群：十八大前，抓工作作风的活动，可以说年年搞、月月搞，不能说没一点效果，但总体效果不大。以前抓工作作风问题，有点像搞运动，抓几个月、抓一年，风声过去了，就放松了，不良作风又死灰复燃。十八大后，中央提出"反四风"，在内容上并没有新东西，但这次却是一场持续的纠风，"作风建设还在路上"，没有结束。

新京报："反四风"的效果如何？你认为取得当前效果的最关键的因素是什么？

陆　群：效果有目共睹，享乐主义和奢侈之风得到有效抑制，形式主义和官僚主义在一定程度上得到控制，但还有待进一步改进。

之所以能取得效果，是因为中央这一次动真格了，从上往下推行，政治局委员带头执行，下面层层落实。以前中央领导到湖南视察，警车开道，封锁市内一些主要干道，影响很不好。自从习近平总书记、李克强总理带头示范，外出视察不封路后，高层带头干，下级跟着干，这是关键因素。

另一方面是明确出台禁止性规定，没有做到，就严惩，还得严格执行。

新京报：*"反四风"给湖南官场生态带来怎样的变化？*

陆　群：首先是工作精简了，不必要的会议砍掉了。以前是文山会海，开会时间长，实质内容不多，是典型的形式主义。不必要的机构也砍掉了。以前开展一项工作，通常要先发个文，要先成立领导小组、联席会议之类的议事协调机构。一任领导身兼70多个协调机构的职务，若他出席所有的协调机构会议，光开会一年就要花两三个月时间。此外，还取消了很多形式主义的评比项目。

还有一个感觉是奢靡之风、攀比之风得到抑制，近一两年来高档的宴请明显减少，公务接待也简单了很多。以前地市纪委干部到我们省纪委来办事，习惯都带一些土特产送人，现在两手空空来，我们一杯白开水招待，双方都很省事。

"反四风"存在形式主义的问题

新京报：*你提出不要用形式主义来"反四风"，如何理解？*

陆　群："反四风"中有一项就是反形式主义，但在实际情况中，"反四风"就存在某些形式主义的问题，一刀切。

比如说，在清理办公用房中就存在一些形式主义作风，办公室面积超过规定面积，重新设计把超标的办公室隔离，重新配置办公用品，隔离出来的办公室闲置着，造成了新的浪费，又增加了成本。在我看来，这种形式主义的做法不能起到实际效果，已经超标的办公室要具体问题具体分析，对于新建的楼堂馆所则要从源头上严格加以限制。用形式主义来反形式主义，效果肯定不会好。

新京报：你认为在"反四风"问题上，哪些方面做得还不够？

陆　群：享乐主义和奢靡之风得到有效遏制，在这两方面治理效果是很明显的，形式主义也得到一些改善，但是在官僚主义方面改善不是很明显。在服务人民群众方面，部分公务员的工作态度还没有完全转变，群众仍然是"事难办、脸难看"，希望在这方面能改善。

"官不聊生"是不适应监督

新京报："反四风"后，有官员抱怨"官不聊生"，你是怎么看待这种想法？

陆　群："官不聊生"是夸张的说法，官员的生存状况远远没有达到不能生存的地步，他们比普通百姓享受的福利和权力仍然多很多。以前官员受到的监督相对较少，现在有些人就不习惯了。我认为对于官员的监督多多益善。但另一方面，要给予公务员适当合理的薪酬，我不认为高薪一定能养廉，但低薪会把一些官员逼上权力寻租之路。应给公务员适当提高福利待遇。

新京报："反四风"与反腐败有何内在联系？

陆　群：作风问题和腐败问题没有明显的界限，作风问题发展到一定程度就会变成腐败问题。"反四风"是预防腐败的一种手段，把作风问题抓好，防止一些问题从量变到质变，把腐败问题扼杀在萌芽阶段。

新京报：你是湖南省纪委预防腐败室副主任，你认为预防腐败，最有效的手段是什么？

陆　群：反腐的目的是为了达到政治清廉、无腐可反。在目前腐败高发的形势下，不可能立即达到没有腐败，要标本兼治，目前是以治标为主，以查处案件为主，把腐败高发状态控制住，为治本赢得时间。

要有效预防腐败，除了思想廉政教育，根本还是要靠法治，建立长效预防机制，加强监督，规范权力运行，让腐败曝光在阳光下，无处遁形。

地域:"城市脖"与脸谱化

京津冀协同发展是京津冀地区乃至整个国家的重要政策之一,面对该地区目前发展差异明显的特点,协同发展怎样实行,又会给这个区域里的上亿人口带来怎样的红利?

帕尔哈提、库尔班江,关于成名、关于新疆,他们发出了自己的声音,这不一定是最好的,但却是最真实的声音。

一个70后,一个90后,一个是台湾人生活在大陆,一个是大陆人求学在台湾。两种经历,两种视角,彼此审视着对岸那片既熟悉又陌生的土地。

高岩

河北白沟承接北京大红门服装批发市场转移的运营商——和道国际副总裁。

(图／李飞)

京津冀协同发展能为民众实现一些短期红利的释放，能看到河北在协同发展中获得经济提振。

地域："城市脖"与脸谱化

杨开忠

现任北京大学秘书长，北京市发展和改革委员会副主任。

（图／李飞）

我一直主张要研究制定京津冀协同发展法，要制定相应的法律，这是国际经验。

京津冀协同发展不是迁都是展都

京津冀协同发展上升到国家战略

高　岩：据说京津冀协同发展的概念不是第一次提出，在以往国家就曾多次规划？

杨开忠："京津冀协同发展"、"京津冀一体化"的提出从改革开放以后经历三波，目前处于第三波。第一波在上世纪80年代初期，国家当时搞过一个规划，叫京津唐国土整治规划，规划的文本成为探讨地区协同发展的重要蓝本，但没经过国家正式的批复。第二阶段在"十一五"时期，当时国家发改委牵头，做了两个区域规划试点，其一就是京津冀都市圈区域经济规划，最后因为各方面原因流产。现在是第三波，这一次，规划通过全国人大投票，具有很高的法律效力，已经上升为国家战略，2014年的2月26日，习近平主席讲话，明确京津冀协调发展的四个需要，进一步把它作为重大国家战略提出。

高　岩：现在北京的非首都核心功能中的批发业、物流业、仓储业的疏解已经提上议事日程，这些与首都的核心功能定位不匹配的产业，对白沟来说是发展机会。

杨开忠：没错，2000年以来，北京的交通拥堵、环境拥挤、人口膨胀、水资源短缺，城市病越来越严重。学术界对此有两种声音，一种主张迁都，比如把首都南迁至河南南阳、湖北襄樊、南京；第二种声音包括我在内，反对迁都，主张缩减首都功能，是一种展都的概念：加强北京的首都核心功能，调整和缩减北京的非首都功能，形成以北京为核心的首都圈，将一部分功能迁移到河北、天津。

产业的事儿一定要看市场

高　岩：现在的京津冀协同发展总在说"政府引导、市场主导"，那么引导和主导的尺度是什么？

杨开忠：实现京津冀协同发展，不仅需要政治推动，更要贯彻落实四中全会的精神，依法推进。我一直主张要研究制定京津冀协同发展法，要制定相应的法律，这是国际经验，比如日本，上世纪50年代就有首都圈整备法。

高　岩：在规划中，首都非核心功能的疏解，政府会不会考虑距离问题，比如说某个产业是首都非核心功能的产业，如果产业搬迁、转移，它的合理距离是怎样的？

杨开忠：这个距离政府只引导，不决定。政府只能考虑政府的距离，企业很可能今天在北京，明天到广州去了，你说这是疏解吗？政府要考虑怎么实现省市之间协同，目的是让差距变得小一点，环境变得好一点，让整个区域对外更有竞争力一点。（政府）落手的地方肯定是重点，比如北京、河北、天津交界的地方，是北京功能疏解一个很重要的地带。在这些边界上，你既能享受到廉价的土地、劳动力、房子，同时你还能享受到北京人口多、市场大、信息丰富的好处，专业讲叫享受到北京的集聚经济，这是市场作用。

高　岩：您认为疏解的方向还是要看产业的必要要素？

杨开忠：产业的事儿，一定要看市场，政府只能引导。比如动物园（服装批发市场），政府建议搬迁，会考虑哪里最优，用政策引导。当然在一个城市功能需要疏解的时候，也要看政府重大的基础设施。比如，要看中副都的含金量，因为政府的基础设施会建在那儿。

政府、企业、百姓都得顺势而为

高　岩：我在白沟工作，但我作为一名北京人，很关注京津冀协同发展中短期利益是什么，中期能给老百姓实现什么，长期实现什么。

杨开忠：先别着急，规划还没出来。

高　岩：规划成形前就开始喊京津冀一体化，会不会让在北京工作、生活的人期待中困惑。国家一直在进行顶层设计，如果出来了，他们可能会离开故土，这关系到民生。

杨开忠：我反而认为还喊得不够，应该把规划拿出来公开讨论。实现京津冀协同发展，会留给有准备的人一些机会，京津冀协同发展是趋势，大背景下，政府的行为是可预测的，聪明的企业会通过分析专业因素、看趋势，走在政府前面。我们的民众对政府的依赖性太强，一有传言说建副中心在保定，大家都往里投资。你可以投，这是你的自由，但如果政府不去，你得承担这个风险，因为这本身还在论证之中。经营者们在顺其自然，政府也要把握这个"自然"，顺势而为。

高　岩：这次产业转移，商户相比我们，顾虑更多，其面临全新的选择，商户可能更迫切地希望政府说"你们最好去哪"，他们会觉得政府一说，政策就会向那边倾斜。

杨开忠：在搬迁的过程中，争论是正常的，每一个商户都希望得到利益最大化，如何协调争论，只能在"战场"上去打。政府在这个过程中为做到公正，不会告诉谁应该去哪里，需要商户根据自己的利益去探索。

（文／刘珍妮）

地域："城市脖"与脸谱化

■ 链接

如何提升京津冀协同发展

【功能疏解】
疏解批发市场 尊重市场规律

市规划委相关负责人说，从批发市场本身的功能看，有些功能是服务区域性的，有些功能是服务本市的。要尽量引导服务区域性的去更合适的地方。"疏解不是政府非要怎么着。一定要尊重市场规律，政策主要是通过经济杠杆调节作用，让外面有更大吸引力，引导它走。"另外，不符合首都城市定位的产业要严控。此前市政府已经公布了限制的目录，正在修改的北京总体规划也要制定中心城如何控制建设量的要求。

【公共服务】
三地医疗机构
设置规划将对接

北京市卫生计生委相关负责人介绍，去年已有京冀两地医院建立长期合作关系，在医保待遇方面，河北燕达医院已首次纳入北京市新农合定点医疗机构，同时，医师跨省的多点执业试点也在开展中。今年北京还将研究促进三地卫生规划和医疗机构设置规划对接，签订实施京张(家口)、京曹(妃甸)对口合作框架协议。

北京市教委表示，首都高校外迁的总体规划正在研究，规划会配合北京产业转移和人口疏解。

【交通】
年内研究解决
"一卡通"技术问题

市交通委有关负责人透露，京津冀地区的道路互联互通，目前三地已达成一致，京台高速已经开工，连接北京和河北的京昆高速去年已通车。下一步京秦高速今年准备开工，这就是属于要打通的断头路。此外，京津冀三地"一卡通"互联互通问题的难点在三地平台不一样，财务结算也不统一，三地的交通部门多次开会沟通这一问题，基本达成共识，下一步着手解决技术上的问题，力争在年内开展这项工作。

推动部分教育、医疗等社会公共服务功能向外转移和疏解，探索共建大学新区、研发新区、创业园区和职教园区，深化医疗卫生领域改革，提高区域同公共服务均等化发展水平。

推动京津冀协同发展，是党中央、国务院在新的历史条件下作出的重大战略决策，也是我们适应新常态、落实新定位、迈向新目标的必由之路。要认真对接和落实京津冀协同发展规划纲要，牢固树立"三地一盘棋"的思想。
——2015年政府工作报告

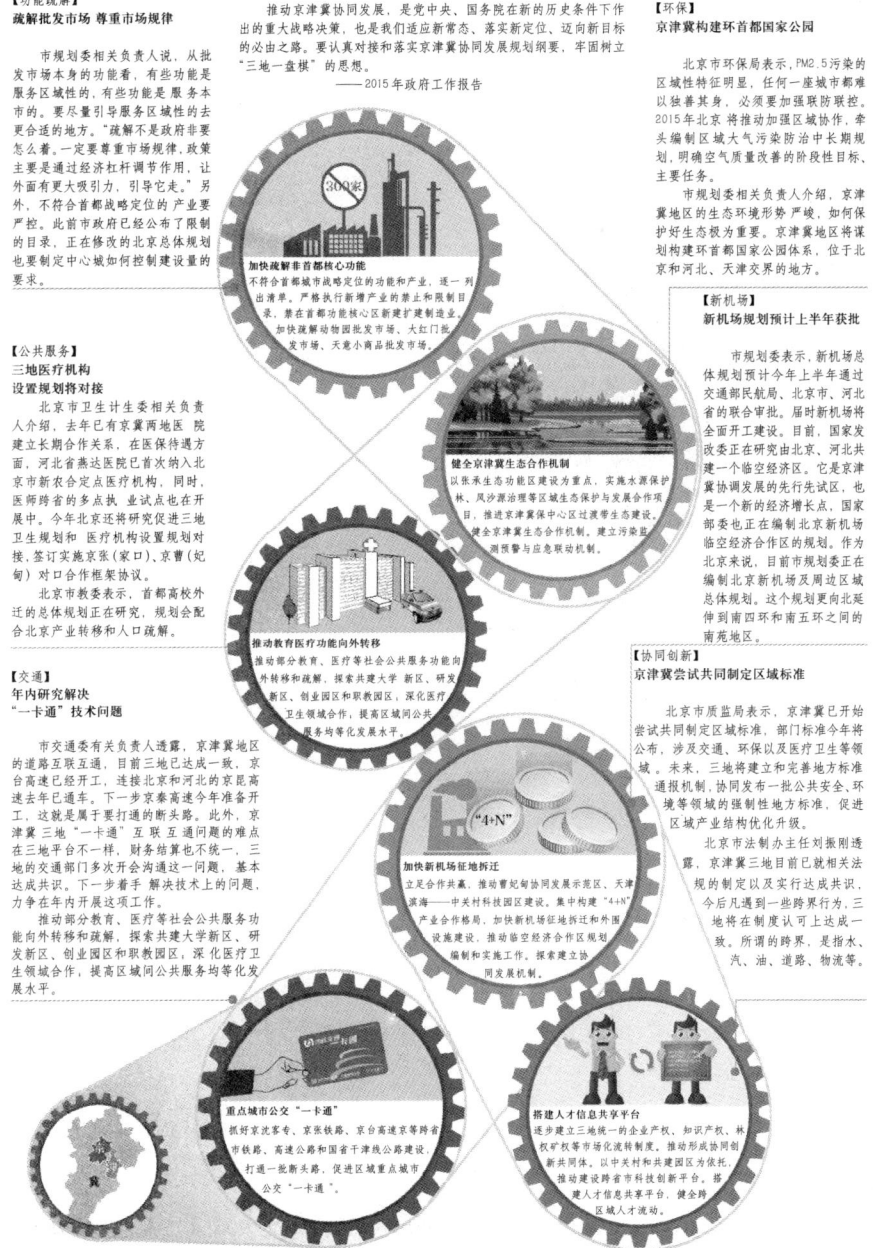

加快疏解非首都核心功能
不符合首都城市战略定位的功能和产业，逐一列出清单。严格执行新增产业的禁止和限制目录，禁止在首都核心区新建扩建制造业。加快疏解动物园批发市场、大红门批发市场、天意小商品批发市场等。

健全京津冀生态合作机制
以承接生态功能区建设为重点，实施水源保护林、风沙源治理等区域生态保护与发展合作项目。推进京津冀保中心区过渡带生态建设。健全京津冀生态合作机制，建立污染监测预警与应急联动机制。

推动教育医疗功能向外转移
推动部分教育、医疗等社会公共服务功能向外转移和疏解，探索共建大学新区、研发新区、创业园区和职教园区，深化医疗卫生领域改革，提高区域同公共服务均等化发展水平。

加快新机场征地拆迁
立足合作共赢，推动廊坊协同发展示范区、天津滨海——中关村科技园区建设，集中构建"4+N"产业合作格局，加快新机场征地拆迁和外围建设能建设、加快新机场合作区规划编制和实施工作。探索建立协同发展机制。

重点城市公交"一卡通"
抓好京沈客专、京张铁路、京台高速等等跨省市铁路、高速公路和国省干线公路建设，打通一批断头路，促进区域重点城市公交"一卡通"。

【环保】
京津冀构建环首都国家公园

北京市环保局表示，PM2.5污染的区域性特征明显，任何一座城市都难以独善其身，必须要加强联防联控，2015年北京将推动加强区域协作，牵头编制区域大气污染防治中长期规划，明确空气质量改善的阶段性目标、主要任务。

市规划委相关负责人介绍，京津冀地区的生态环境形势严峻，如何保护好生态极为重要。京津冀地区将谋划构建环首都国家公园体系，位于北京和河北、天津交界的地方。

【新机场】
新机场规划预计上半年获批

市规划委表示，新机场总体规划预计今年上半年通过交通部民航局，北京市、河北省的联合审批，届时新机场将全面开工建设。目前，国家发改委正在研究由北京、河北共建一个临空经济区。它是京津冀协同发展的先行先试区，也是一个新的经济增长点，国家发改委也正在编制北京新机场临空经济合作区的规划。作为北京来说，目前市规划委正在编制北京新机场及周边区域总体规划。这个规划更向北延伸到南四环和南五环之间的南苑地区。

【协同创新】
京津冀尝试共同制定区域标准

北京市质监局表示，京津冀已开始尝试共同制定区域标准，部门标准今年将公布，涉及交通、环保以及医疗卫生等领域。未来，三地将建立和完善地方标准通报机制，协同发布一批公共安全、环境等领域的强制性地方标准，促进区域产业结构优化升级。

北京市法制办主任刘振刚透露，京津冀三地目前已就相关法规的制定以及实行达成共识，今后凡遇到一些跨界行为，三地将在制度认可上达成一致。所谓的跨界，是指水、汽、油、道路、物流等。

搭建人才信息共享平台
逐步建立三地统一的企业产权、知识产权、林权矿产权等市场化流转制度，推动形成协同创新共同体。以中关村和共建园区为依托，推动建设跨省科技创新平台，搭建人才信息共享平台，健全跨区域人才流动。

制图/张妍

帕尔哈提

维吾尔族,2005年组建酸奶子乐队,在欧洲多国享有一定知名度。2014年10月7日,在"中国好声音"第三季总决赛中获得亚军。

(图/王嘉宁)

我2010年认识库尔班江,他特别简单、特别伟大,他是干事的人。对了,他能在海拔4000米的地方呆几个月没有高原反应,作为户外爱好者,我很佩服他。

地域:"城市脖"与脸谱化

库尔班江·赛买提

维吾尔族,32岁,摄影师。2013年年底自费拍摄"我从新疆来"的摄影专题。记录在内地生活、工作的新疆人的故事。

(图/王嘉宁)

认识帕尔哈提这么多年,他从在新疆的饭店里唱歌到现在,态度没有变化过,欣赏不欣赏在于你,他就真真实实地唱,不会糊弄你。

把"新疆"两字拿掉 我们是相同的

"我不是名人,我是毛驴儿"

库尔班江:我的书出版以后,有个媒体问,库尔班江,你是个名人了?但我还是我,想坐公交就坐公交,想坐地铁就坐地铁,但帕尔哈提你可能不行了吧。

帕尔哈提:我应该也可以坐地铁。变化绝对有。不过我的头发是自己推的,去一次理发店,后面围好多人,太吓人了。

库尔班江:可能现在全国人都知道帕尔哈提,你是明星了。

帕尔哈提:其实这是个尊重。我上台唱歌的目的不是当明星、挣钱、赢得名声,我的目的是,我唱歌能给人家一些有用的东西,这是我的责任。

库尔班江:其实新疆也好,比我们优秀的人多得多,哪儿都有,只是可能我们做了点事。

帕尔哈提:好多年前我在俄罗斯看过一个歌手的演唱会,在我心目中他是一个明星。他一上台大家就鼓掌,他说一句话,下面激动得不行。结果他说,你们别鼓掌,我有话跟你们说,你们中间有没有医生护士?举个手。有没有老师、军人?有没有贼,有没有黑社会?

库尔班江:黑社会?

帕尔哈提:还真有。这个歌手说,我站到这个舞台上,灯光追着我,但我曾经也是军人,也当过医生。我为什么唱歌?首先就是我喜欢唱歌,我火了,就给你们唱,其实我也是个普通人,跟你们一样。你们有自己的工作,有自己的事情,我也是。如果没有你们,这个东西谁来听?当时我在场下觉得,哎呀,太伟大了:哪有明星的概念,只有职业不同。

库尔班江:就好像有人说,库尔班江你写了本书,我每次都要跟人家解释,这不是我写的书,是我和100个新疆朋友共同写的。

帕尔哈提:我认为我就是干我自己的事情,就是这么简单,大家把我弄得像神仙一样的,我要的不是这种感觉。说白了,我觉得我洗澡的时候比在舞台上唱得还好。

库尔班江:还有一个原因,你是名人了,确实有人会给你贴标签,"你们是名人,你们是代表维吾尔族的新一代,或者是新疆新一代"。我是摄影师,我通过我的影像表达态度,我的态度就是扎扎实实做事情,如果说我要对得起新疆人民,对得起维吾尔族,这个就太大了。

帕尔哈提:对,我们只是出来做事儿的,我觉得我就是小毛驴儿。

地域不该有特殊标签

库尔班江:你在"好声音"唱歌时喜欢摸着后脑勺说话,这是习惯动作吗?

帕尔哈提:我父亲喜欢摸我头,每次跟我说事,他就摸我的头。后来,父亲住院的时候,我看着他越来越不好,有天一下就哭出来了,那个时候,他就摸我的头,摸了三次,说没事,我走之后你妈在,妈妈不在了你姐姐在,你不是孤独的。他走之后,我就经常自己摸摸头,变成了习惯动作。

库尔班江:这个其实是很深的,就算父母不在我们身边,但他们的灵魂一直是在支持着我们。我们现在跟父辈也不一样了,现在人与人之间的交往和沟通,不像父母那年代那么简单。

帕尔哈提:咱们父母简单是简单,苦。

库尔班江:父母的那年代,坐火车到北京要四天四夜,买不到卧铺票还要站着,回来以后腿都站肿了。就生活的便利来说,我们很幸福，但人与人之间接触的事，我们要累得多。

帕尔哈提：私人来说，我不太在乎这些东西。

库尔班江：但不得不承认，这两年，内地人对新疆的误解是越来越深了。

帕尔哈提：我每年夏天都会去国外，在其他国家也是那种感觉，觉得新疆不一样，但出了国大家都不一样啊。有那种狭隘视角的人我觉得他还是多学一点东西吧，出去看一下，然后才知道应该是什么样。

库尔班江：希望大家能明白，新疆是个地域名称，就像北京、上海、广州、河南一样的，但是当这个地域承担了很多负面消息的时候，对于生活在内地的我来说，我会觉得有点不舒服。

帕尔哈提：还有很多标签的东西，新疆音乐就是跳跳舞唱唱歌？"掀起了你的盖头来"？不是那个，那是很小的一部分，代表不了整个新疆。有人说我唱了这首歌以后，对新疆音乐的概念都变了，其实这些东西一直都有，摇滚啊都有，问题是你没有好好找过。

库尔班江：我们把新疆拿掉以后，放在任何二线三线城市，你会发现都是一样的，还有我的书，大家把"新疆"两个字拿掉，这书里就是普通人的故事，我想表达的就是"相同"，而不是我们有什么不同。

帕尔哈提：乌鲁木齐那边，跟北京、上海也差不多，年轻人看到的东西和想法都差不多。

库尔班江：这里是北京，首都，大城市，乌鲁木齐是二线城市，算不上一线，对吧？但你去那里一看，哇，姑娘也穿得好时尚啊。

帕尔哈提：很国际范儿，乌鲁木齐也有很多乐队，像我这样的，30岁左右的年轻人，都是在行动着，他们愿意做事情，也愿意走出来。

"你们上学是骑马吗？"

库尔班江：现在怎么说呢，不是别人的错，错你要自己找，原因是因为没有交流、没有沟通就没有共识，有些误会和误解的起点就是你不理解。我不知道"中国好声音"有没有问你有没有民族服装？

帕尔哈提：这个没有。

库尔班江：我遇到过，编导说你能否穿你的民族服装？我说你眼里面的民族服装是什么？他们直接给我上的是跳舞的那种服装，幸福的是没给我手鼓。我说生活中，我不是这么穿的，你不要把我当做一个猴子行吗？

帕尔哈提：也不是他的错，就是不了解。

库尔班江：有些学生到了内地上学，他的同学会问，你们上学是骑马吗？

帕尔哈提：骆驼，他们说新疆人骑骆驼，但是在乌鲁木齐市中心，停车位上一个骆驼在那儿？这不可能的。

库尔班江：这种不舒服你说不出来，你也没有资格去说别人什么，因为每个人怎么想是他的自由。

帕尔哈提：就像那个歌里，"咱们新疆好地方，天山南北好牧场"，这些东西确实有，确实好，但就像一个房间一样，有沙发有桌子，你不能只盯着一样，就说这就是新疆，好和不好都是片面的。

库尔班江：这个也是我们人类的一个共性，尤其在有昆明暴恐等一些特殊事件之后，一些群体会被贴一些特殊的标签，美国也有，"9·11"之后，他们也是给很多穆斯林打上了"恐怖分子"的标签。

帕尔哈提：我觉得我们还是干好自己的事儿，有人说是我们打开了解新疆的大门，其实这个门不是我们开的，我们就是认真做事情而已，这个门是被发现的。

库尔班江：对，我不要求你怎么样，但是我们要求我自己，自己把自己做好。比如我觉得你的粉丝完全是出自对音乐的热爱，是对帕尔哈提本人的认可，但是这不知不觉起到了一定作用，就是让别人了解维吾尔族，让他们知道，我们新疆也有国际化的音乐家。

帕尔哈提：对，音乐是没有地域的。沟通的问题是我们自己要怎么去做事，年轻人不能总在家等、抱怨。

库尔班江：如果你都不努力的话，你不能怪别人啊，只能怪你自己，你要勇敢地迈出这一步，才能有沟通。

心里想什么才能遇见什么

库尔班江：除了你之外，2014年其他节目也出现了新疆人的身影，其实这些人早应该出现的，我们之前早就做好了准备，但一直没有机会。

帕尔哈提："好声音"2013年就找过我了。

库尔班江：2013年你直接拒绝了。但2014年关于新疆的负面消息太多了，现在终于有正面的了。

帕尔哈提：负面的我觉得就尽量不说，越提人家越有想法。

库尔班江：踏踏实实做事就行了，好像毛驴默默无闻的，你打它也好，它就是走走走，其实这样对人类的贡献反而很大。

帕尔哈提：尤其是现在有了条件，能做一些以前想做不能做的事。

库尔班江：比如你上次提的那张专辑？

帕尔哈提：对对对，比如唱片，好多人去录影棚里录歌，我就想，为什么不去大自然录呢？大自然很安静，鸟的声音、苍蝇的声音怎么了？都很自然的东西，你就在录音棚里唱歌。

库尔班江：这个唱片我们以前就讨论过的，从一个摄像师角度看，这是难度很大的一件事。

帕尔哈提：好多人说不能做，我就说现在能做。现在新疆的旅游业差不多死了，那么漂亮的地方，那么好，新疆也有13个民族，各个民族有各个的特色，没人去发现。

库尔班江：几年前你说的时候我就特别激动，我们可以七八台机器一起来，同时剪辑，和声音一块儿完成、一次性完成，在大自然里录唱片至少我是没听说哪里有在做的。

帕尔哈提：国外应该有，国内我不知道。我的想法就是去伊犁，去雪山上我们自己去搞一个大播音帐篷，里面有工作室，摄影、录音这些，我们全在雪山前面来。

唱片可以维吾尔语、哈萨克语、柯尔克孜语都有，比如说锡伯族那个人唱得好，能表现出自己民族的东西，好，我给你做音乐，漂漂亮亮地让你唱。也不需要时间，七八年也行，一年也可以。

库尔班江：现在条件有了，该做的就往更好的方向去做。我跟你不一样，我是急性子，我接下来就要把"我从新疆来"做成纪录片，我已经构思了新的叙事方式，接下来一年两年我都要做，至于什么时候能做成，那要看真主允不允许，但准备要做好。

帕尔哈提：机会也是给有准备的人，什么都没准备，你还好意思说机会啊？我在乌鲁木齐有很多朋友现在都意识到这一点，有的甚至辞掉电视台工作出去创业、学习。

库尔班江：对，2014年我最感慨的就是实现了"越努力，越幸运，越勇敢，才能有改变"，甚至把新书发布会开在了人民大会堂，我相信没有不可能。

帕尔哈提：只做我们自己该做的事情，生活就完美了，说我必须改变这个民族，必须改变这个国家，这个我们做不到，不是我这个层面能思考的问题。

库尔班江：我们还是需要改变自己，其他的，就尊重规律。对未来，必须要乐观。

帕尔哈提：那肯定要乐观，你心里面想着什么，你才能遇见什么。

（文／胡涵、王蕴懿、李想）

（图／尹亚飞）

廖信忠

1977年生于台湾，青年作家，现居上海，著有《我们台湾这些年》、《台湾这些年所知道的祖国》。《我们台湾这些年》畅销35万册。

所有新鲜的尝试都是历史的一部分，路途长着呢，慢慢来不着急。至于杂音，看淡一点、脸皮厚一点，舞台在你们脚下。

地域:"城市脖"与脸谱化

蔡博艺

1993年生于兰州,大学教授的独生女。高中毕业那年,适逢台湾高校首次对大陆应届高中毕业生开放,她成为首届赴台读书的928名大陆学生之一。热衷公共议题又乐于表达,蔡博艺是台湾岛内小有名气的"明星陆生"。

(图/CFP)

大陆目的性更强,仿佛有根隐形的线催着你去做事。台湾就是给你平台,随你折腾,台湾的年轻人很追求"小确幸"(注:"小确幸"指微小而确实的幸福,出自日本作家村上春树的随笔)。

台湾"小确幸" 大陆很匆忙

2014年,蔡博艺参加淡江大学的学生会长选举引发热议,种种波折后蔡博艺最终落选。廖信忠因刚拿到新书的出版许可开心不已。他喜欢逛菜市场,喜欢在最市井气的地方观察普通大陆人的生活。

从两页纸到立体饱满

廖信忠:在台湾读了4年书,我们先谈改变吧。

蔡博艺:对我来说,4年来最大的变化就是台湾的形象变得更丰富了。以前两岸联系好少,普通人之间的交流更不敢想。小时候,台湾就是课本里两页纸,我就知道日月潭这些简单地名,其他印象是模糊的。

廖信忠:你中学时去过一次台湾,因这次旅行你选择了去台湾读书。

蔡博艺:现在回想起来,那次也主要是旅行的心态。经过这四年,实实在在生活在这里,接触这里的风土人情,好像搭积木一样,台湾从以前的两页纸慢慢变得立体和饱满。

廖信忠:我1999年第一次来大陆,那时候也好惊奇,原来北京的路那么宽啊,跟书上完全不一样。之后陆陆续续走了大陆很多城市,"大陆广大,神州壮美",书上的很多名字就变成了实实在在的经历和见闻,我才慢慢体味,大陆和台湾之间,其实并没有多么遥远。

2008年定居上海后,又是另一种感受,如今我在大陆生活的时间要远多于台湾,反而感觉离台湾慢慢远了。

蔡博艺:我现在对台湾的了解,应该比大陆多。

廖信忠:对啊,我记得早几年我在西北旅游,遇到一个农民老伯,他知道我来自台湾后,特真诚地问我"台湾现在解放了吧?"很多奇特经历。

现在在上海,我总觉得换一种环境就应该换一个交际圈,所以没怎么混上海的台湾人圈子,这样,也方便我更深入地了解这里。

蔡博艺:作为第一批大陆学生,刚到台湾时很多不适应。普通台湾人管大陆同胞叫"426",就是"死阿陆"的意思。因为两岸长期分隔,互相不理解肯定是有的。

有次一个台湾同学说:"你知道吗,跟你接触前我和很多台湾人一样,觉得大陆人怎样怎样,但真跟你接触下来,我的印象完全不一样了。"这事我一直记着,观念是一回事,人和人的相处是另一回事。

选举失败没那么夸张

廖信忠:我有关注你学生会选举的事情。台湾是一个各方面都很成熟的社会,甚至有时会让人觉得"一潭死水哎,都没有有意思的事情",所以,非常需要你这样的新鲜力量,带去新鲜的话题和冲击。

蔡博艺:结果前两天刚出来,落选了。置身其中,我不觉得这是一个标志性事件,我既不觉得它跟"身份"有关,更扯不上台湾的民主制度,很普通的学生活动啦,因为我的陆生身份,一切都弄得好夸张。

廖信忠：选举失败会不会失落？

蔡博艺：没有，我自己还蛮平常心的，对我来说，经历比结果重要。我和我的团队在结果出来后还碰到一起系统地分析，有哪些经验是好的，有哪些是做得不够的。很普通的一件事。

廖信忠：外界会想象出来很多事，但其实想象的部分跟你没有关系。

蔡博艺：是的，对我而言，我关注的就只是淡江大学学生自治方面可能存在的问题，我会觉得学生会运行得不够理想，校园自治开展得不够深入，其他的没有多想。

廖信忠：这次经历带给你最大的收获是什么？

蔡博艺：心脏变得很大颗，原来的思维模式更多的是非此即彼、非黑即白，本位主义。一件事情，我认为怎样、我觉得怎样，在我眼里它就是那样的，愿意用自己既定的价值观去认知世界和判断事情。现在，我更多站在对方的立场想问题，尝试去理解别人的想法和行为，视角更多元，这样就不那么容易激动了。

廖信忠：台湾有平台让你自由发展，让你去经历你感兴趣的事情，然后从中收获成长所必要的养分。

台湾练级满了 大陆出马云

蔡博艺：我觉得台湾的年轻人普遍晚熟，他们不着急结婚、生小孩、找工作，这里的社会氛围会提供给你足够的时间去停下来规划未来，给你时间犯错、醒悟，直到你觉得自己OK了，可以负责地选择未来道路了。

台湾好多大学生毕业后不会选择直接工作，很多人选择延迟毕业，或者用这段时间去当兵，或者做其他自己感兴趣的事。这跟大陆完全不一样。

廖信忠：大陆这边一切都很匆忙、很着急。改变分分钟都会发生，年轻人一步赶不上，可能步步都赶不上，这是经济飞速发展时代背景下必然要经历的一个阶段。

蔡博艺：大陆目的性更强，仿佛有根隐形的线催着你去做事。台湾就是给你平台，随你折腾，台湾的年轻人很追求"小确幸"（注："小确幸"一词指微小而确实的幸福，出自日本作家村上春树的随笔）。

廖信忠：我其实很烦那个"小确幸"。在台湾的年轻一代中能出一个马云之类的？我觉得基本不可能了。一方面是社会财富分配基本成形，年轻人没有很多机会；另一方面年轻人很吃"小确幸"这一套，虽然找不到马云，但你能轻易找到那种把蛋糕烘焙得一级美味、把咖啡拉花制作得精美异常的年轻人。所以呢，有点无聊。

蔡博艺：台湾各方面都成型了。

廖信忠：用打游戏的术语来说，就是各领域各方面都满级了，变化就不会太多，是相对稳定的一个状态。不像大陆，人们每天感觉都不一样。

蔡博艺：我在台湾也关注大陆的新闻事件，我最大的感受是，一件事出来，好震惊好愤怒，但这种情绪还没褪去，马上会有一个新事件覆盖过来。

但有一点我不太认同，虽然很多台湾年轻人沉溺于"小确幸"，但也有一些致力于推动社会改变的。有个叫"G0V"的社群，中文名字是"零时政府"，由一群程序设计师发起的，目的是"开放政府资料让政府透明，人民更容易做主"，这群年轻人运用自己掌握的网络技术，推动政府信息公开。

廖信忠：自由度大一些，可以进行各种尝试，政府层面也有了韧性，两者会有不错的互动。这一来一回都程式化了，成熟了嘛。

贴标签是一种懒惰的做法

廖信忠：我们似乎很容易被贴标签，我不是廖信忠，我是"台湾人"；你不是蔡博艺，你是"大陆人"。

蔡博艺：贴标签真是一种懒惰的做法，人们不好好去认知和了解一个人或事。我评价了一个社会事件，我就是公知了；我参加学生会选举受挫，我就代表大陆生了。这很搞笑，每个人都是独一无二的，经历不同，智识不同，怎么能轻易地代表和被代表呢？

廖信忠：微博火热的那阵子，我发一个东西，就能看到两拨人莫名其妙吵起来，哇，不可开交，互不相让。我去东北一个靠近边境的城市旅行，旅店老板知道我是台湾人，拽着我分析两岸局势、中日问题，我心里当时就想"我的天，那些事情跟你跟我有毛线关系啊"。

蔡博艺：但标签这东西，粘在身上又很难扯下来，即使扯下来可能也会留痕迹。

廖信忠：对人是这样，对社会形态也是这样的。我注意到很多去台湾的朋友，特别是文化界的，去台湾旅行一段时间回来，就说"哇！台湾人好友好、好有礼貌"。我个人非常不赞同这种看法，台湾社会进入今天，是经过了一系列社会事件，中间有抗争，有建设，一点点变成现在的模样。太平洋的风吹拂着大家，但是大家一点点努力才有了现在的成果。

蔡博艺：是的，我第一次来台湾感受也一样，但真正生活在这里，你会发现很多面，台湾有很多优点，但并不是一个完美社会。台湾也有我不喜欢的，比如非蓝即绿啊，蓝绿之间恶意抹黑之类。

廖信忠：大陆朋友总带着美好的乡愿去看台湾，而忽略台湾成为今日台湾的这个过程，这也是一种懒惰、一种标签化。我发现好多文化名人去台湾都有钱包丢计程车然后被送回来的经历，这当然是好体验，但我回台湾也丢钱包啊，却从没被找回过。

蔡博艺：刚才说站在对方立场想问题，也包含如何认识台湾人眼中的台湾。基于不同立场，认知当然不同，我们不应回避这种差别。

廖信忠：个人经历不同，社会经历也不同，每个个体都是独一无二的。我在讨论一些问题的时候，应该尊重这种差异，这是基本前提。

在适应中怀有美好期待

廖信忠：在台湾的经历给你带来哪些变化？

蔡博艺：这几年放寒暑假都会回大陆，但大部分时间都在家里陪爸爸妈妈。至于以后，暂时没有特别明确的打算，但没有什么太多的担心。

在台湾四年给我最宝贵的财富就是看问题的角度和方法，但是这四年同样是我的成长期，有时候分不清楚到底这些变化是台湾给我的，还是成长给我的，或者两者根本就纠缠在一起分不开。不管未来去哪里，这些都会让我更有适应力。

廖信忠：生活要自己慢慢品味，外人看的是概念，自己过的是内容。大陆那么大，各地也不尽相同，你说的小苦恼我也有，但有苦恼就有自己喜欢的一面。选择在上海生活，也因觉得它最开放包容，我的台胞证丢了，在乌鲁木齐办要一个礼拜，但在上海一下就好。

拿写书来说，书稿四年前就基本成型，送出去等啊等，等得自己都已经忘记了这个事情，突然，前阵子接到电话，说可以出版了。

蔡博艺：能出就是好的，新的声音就会出现。

廖信忠：是，所以我还挺开心，包括出第一本书时很多波折，但这个过程本身就是两岸交流和沟通的契机，我很高兴自己参与其中，也很珍惜观察中国社会变迁的机会，这在父辈看来是不可想象的。有沟通的机会，才有了解彼此的机会。

蔡博艺：所以希望大陆越来越多元和包容，这也是未来的大方向。

廖信忠：社会成熟需要一个过程，对未来还是要怀有美好的期待，这样生活才会轻松和开心。

(文/卢美慧)

文化：真文化与假文化

文化，代表着一个国家重要的精神品质。现今，文艺创作鱼龙混杂，影视作品雷剧滋生。中华民族要实现文艺复兴，文艺工作者应该在什么位置，应该怎样面对创作和市场，应该拥有怎样的情怀和底线？

儒学复兴在2014年成为关注焦点。传统儒学对现代国家治理和社会治理有何作用，哪种推广儒学的方式最有效？

冯骥才

"伤痕文学"代表作家,全国政协常委。2004年成立"冯骥才民间文化基金会"。

(图／周岗峰、郭延冰)

　　如果只谈文化产业,概念是成立的,但是加上"化"就麻烦了,这个"化"不是名词,是动词。如果"化"的话,往往就把那些不能成为产业的文化,也变成产业了,说白了就是拿文化赚钱,或者误导人们只有能赚钱的文化才是有用的,那么,彻底地把文化的精神性、思想性、教化功能、对人的良性的影响的功能全抹去了。文化产业化的概念,是这些年对文化的误导。

文艺工作者不能陷在市场里

文艺问题要听听国家的声音

新京报： 2014年10月15日在北京召开的全国文艺工作座谈会，引起了很大关注。

冯骥才： 我觉得如果把这个文艺座谈会放在当代文艺发展史上来看，它带有里程碑的性质，因为它是在一个关键的历史时刻，一个全新的文化、社会背景下，谈论文艺最根本的问题。

新京报： 在你看来，这次座谈会为什么反响这么强烈？

冯骥才： 为什么说是关键的历史时刻？就是党和国家已经确定了，中华民族要复兴，那么，文艺应该承担什么责任？放到什么位置？这时候是需要思考的。

说全新的环境，是因为现在是商品时代、消费时代。文艺、文化跟消费混在一起了，它有一些新的问题，甚至是乱象。这时候，文艺工作者不但要思考文艺与社会、与人民的关系，还要厘清文艺与商品的关系，是卖家和买家的关系吗？文艺有没有自己的尊严？这些问题非常值得文艺工作者思考，但又要听国家的声音。习近平总书记在这个会上，把这些问题都涉及了，引起很大的反响，这是必然的。

新京报： 会上，习近平提出文艺工作者要深入生活，扎根人民。现在的文艺工作者，怎么做才能坚持"以人民为中心的创作导向"？

冯骥才： 如果文艺工作者都陷到市场里，那是不可能扎根人民的。市场有它的规律，比如电视剧，现在谍战剧比较时兴，大家就都做谍战剧，找一点由头就开始编，完全成商业片了，这跟香港一些武打片一样，人物故事没有历史背景。除了文艺工作者不要陷在市场里，关键还要看文艺主管部门，把好的文化和商业度高的文化怎么摆。

"谈到这些书很有亲切感"

新京报：这次座谈会的规格很高，你在去之前，想到会由习近平主持吗？

冯骥才：十二三号吧，我接到通知，说中央要开一个关于文化工作方面的会，让我准备参加，没说哪个领导来。但我有种感觉是中央最高的领导，可能也是我心里有个期待，希望中央就文化领域一些根本问题讲一下。

新京报：会上和习近平有过交流吗？

冯骥才：他见我面还跟我说了两句。他说你还做民间文化遗产的抢救保护啊？我说是，我还做传统村落的保护。他说你做了很多的呼吁。我当时心里挺高兴的，他说这句话，就是说我们的呼吁他看见了、听见了。我当时说，你在这方面也讲了很多话，我们很注意，对我们是一个很大的支持。

新京报：会上还有什么细节让你印象深刻？

冯骥才：有个细节我很感动。他讲他到古巴去找海明威的故居，在海明威曾经写过东西的饭馆里吃了顿饭。我非常感动，因为我到国外去，也经常找作家、艺术家的故居。比如前两天我到俄罗斯，就去了契诃夫、普希金、马托娃的故居等。我觉得，习主席很有文学情怀。

另外，他还有家国情怀。2014年年初农村工作会议上，他讲到城镇化，对于那些传统的、古老的村落，他说传统文化要看得见山，看得见水，记得住乡愁。"乡愁"这个词是非常有深度的，我觉得他跟我们之间心有灵犀。

新京报：现在外界在流传习近平的书单，比如他在会上提到的《静静的顿河》、《红与黑》、《悲惨世界》、《战争与和平》等，你对这份书单有什么共鸣吗？

冯骥才：当然有共鸣。他提到的都是经典，都是那个时期我们最想读的。

那时朋友之间如果聊到一本好书，自己要是没看，朋友都借给你，大家都是想办法把最好的书先看了。

警惕真文化变假文化

新京报：这些年你一直关注古村落和非遗的保护，文化产业化对这两块的冲击有多大？

冯骥才：对传统村落的冲击就是旅游化的问题。有媒体报道，每天多少万人进这个村子，把村子变成娱乐城了，村落被破坏了。另外，旅游就要有足够的项目满足游客，就造了很多假的景点，编一些假的故事和歌舞。真文化变成假文化，这也是一种破坏。

非遗比如剪纸，有所谓"生产性保护"，就让很多地方的剪纸、木版年画产业化了。把木版改成机器，把剪纸用做好的模具冲，一冲就100张。之所以把剪纸定为世界文化遗产，主要因为它的手工技艺，如果用机器压，就失去本身的属性了，造成了本质上的破坏。

新京报：在文化产业的背景下，很多文艺作品跟商业走得越来越近，你怎么看待？

冯骥才：这些年，我们把文化产业过分地放在一个和文化事业并列的地方是不合适的。现在我们一提文化事业就是文化产业。2014年"两会"的记者会上，我说文化产业和文化产业化完全是两个不同的概念。

如果只谈文化产业，概念是成立的，但加上"化"就麻烦了，这个"化"不是名词，是动词。如果"化"的话，往往就把那些不能成为产业的文化，也变成产业了，说白了就是拿文化赚钱，或者误导人们只有能赚钱的文化才是有用的，那么，彻底地把文化的精神性、思想性、教化功能、对人的良性的影响的功能全抹去了。文化产业化的概念，是这些年对文化的误导。

（文／贾鹏、王蕴懿、李想）

贾平凹

改革开放后最早冒出的作家,但和他同时出道的很多作家,已经不写作了,就算偶尔有新作,也难有新的气象,在一直坚持写下来的作家中,他是最耀眼的。

接地气并不是说只有写土地、饥饿、革命等,接地气就是写出真实,写出生活的味道,写出关于生命的、人生的意义。

文化：真文化与假文化

跨代对话 小生问《老生》

文学和历史怎么搭

小　生：小说《老生》给我留下最深刻的印象是，叙述中国近百年的历史中穿插了《山海经》的内容。有人批评说，插入的《山海经》和小说内容并无太大关联，看上去有些格格不入，你曾解释说这是借鉴《山海经》的写作模式，"它是一个山一个山来写，然后构成了它所说的那个世界，我借鉴过来是一个村一个村来写"，这种模式是你的一种文体创新突破吗？

老　生：《老生》中是采用了一些《山海经》原文，仅仅是采用，但不存在"文体创新突破"。《山海经》里有中国人独特的思维方式和心灵密码，在小说里引用《山海经》里的内容，目的就是借用它的这种思维方式，来表现中国百年历史里的"秘史秘闻"。之所以采用这种形式，是基于两种考虑，一是可以溯源，溯中国人思维的源，溯中国山水的源，从而鸟瞰这古老美好而又伤痕累累的土地。二是小说结构的需要。肯定会有读者觉得插入《山海经》和小说内容无太大关联，这是我有预料的，但我想引导读者去思考，如果有新思考了，就不至于觉得突兀。阅读有各种阅读法，不能只看到一个精巧的故事，故事太巧则境界逼仄。散漫些阅读，可以思量更多的东西。

小　生：小说中如老黑、匡三、马生、戏生等人物都有原型吗？你曾说写《老生》"不要单一指向，不要是与非"。小说的4个故事中涉及的人物，有很多让人读来怵目惊心的性格，如马生不可一世的浑、老黑斩钉截铁的狠、老余不着痕迹的滑……写这些人物时都没有道德判断。这种写法，是你所理解的"文学和历史的融合"吗?文学和历史究竟该不该融合?

老　生:故事中的人物当然都有生活原型。故事的叙述是以一个社会底层的唱师之眼为角度的,他在说"古今"。因为他是唱师,谁死了就去唱阴歌,他是超越社会、阶级、族类、时间、生死的。文学和历史不是什么整合的问题,如果把文学变成历史,那就没有文学了,就没有意思了。我要思考的问题是历史归于文学时,文学该如何写这百多年历史,太具体是不好的,太政治角度也不好。

小　生:有人说你写《老生》是尝试了一次"民间写史",你认同吗?

老　生:我没有说过"让自己尝试民间写史",我只说叙述人是民间的唱师,唱师在回忆他百多年的所经所见。他的出身和社会地位决定了他的目光和思想。当然,他绝不是什么戏说。

除了饥饿,还有别的吗

小　生:我对《老生》有一个深刻的印象,从打游击到土改,从"文革"到改革开放,饥饿感在小说字里行间挥之不去,所有发生的事情都和土地、饥饿感有明显或隐晦的关联。什么都想吃的匡三,永远吃不饱的白土,棋盘村里搞"地头配午饭"的描写……你们那个时代过来的作家,饥饿感似乎是逃不掉的书写主题,连莫言也说过"最初写小说就是为了不饿肚子",这些对饥饿感的描写,不担心我们这些年轻人体会不了吗?

老　生:改革开放之前,饥饿是中国人无法逃避的一个词。《老生》的故事跨度百多十年,这百多十年中国人就是这样过来的。这百多十年,现在有许多年轻人是不太清楚不甚理会的,之所以写这百多十年是想让读者了解我们是怎样走过来的。

小　生:还是题材的问题,作家格非曾说"我们现在是写农村还是城市?现在学生对农村写作已经无法忍受了"。你觉得对于我们来说,乡土题材小说是否已经没有了吸引力?现在的年轻人谁还在关心农村的过去呢?

老　生:任何文学作品都是写给一部分人的。但我要说的是,现在年轻读者不了解过去,不一定就不读叙写过去的小说,如果是那样,中国的4大名著怎样看，外国的小说又怎样看？

小　生：《老生》是在"说着曾经的革命而从此告别革命"，就像一种记忆回溯式写作，那么你接下来有没有考虑过尝试一种"未来式写作"，就是对我们未来的生活境况进行预测？要知道，欧美好多长篇小说家都这么干了呢。

老　生：记忆是文学的一种。我的长篇小说大多数都是写当下社会生活的，它是我的思考，当然其中有批判也有预测。中国作家和美国作家有一个区别，中国作家写记忆的多，向后看的多，美国作家向前看的多，这就是现在文学影视上中国的历史题材写的多，美国的科幻题材写的多。这是和历史、文化、人的思维以及体制环境都有关系的。

什么才叫"接地气"

小　生：你经常说"写作要接地气"，然而在当下，土地、饥饿等题材，和我们的生活其实隔得挺远。在我的生活空间里，房子车子票子、全球化、科技化……都是要真实面对且难以回避的"地气"，你说的"接地气"会不会忽略了这些现实？

老　生：接地气并不是说只有写土地、饥饿、革命等，接地气就是写出真实，写出生活的味道，写出关于生命的、人生的意义。年轻人的生存环境变了，但写出年轻人的生存状态、精神状态的真实来，也是接地气呀。

小　生：如果我们这些年轻人不爱读你的书，你会失望吗？你曾说过"我得改造我的读者，征服他们而吸引他们"，那么你想怎么来征服我们呢？

老　生：我当然希望更多的年轻读者阅读我的作品。哪个作家不是这种渴望呢？我的作品其实有相当多的年轻读者，这我有过了解，这一点我还是自信的。当然，读者一代接一代，如何使作品阅读的延续更长，这我要更加注重作品的质量。我说过，一部作品50年后还有人读，才可以称之为比较好的作品。

（文／柏琳）

麦家

　　浙江省作协主席。出版《解密》、《暗算》、《风声》等小说。《暗算》获第七届茅盾文学奖。

　　成名是把双刃剑，成了名，别人会拿更高的代价买你的作品，会放大眼睛看你，但是你也成了大众消费品，时间被很多无谓的事情消耗，思考、写作的时间都被牺牲掉，是件很恐怖的事。

媚俗是最可怕的敌人

精读50本书就能安身立命

新京报：这次文艺工作座谈会上，有没有细节让你印象很深刻的？

麦　家：习总书记开口第一句话就是"这个会议是我要召开的"。而且会议由他主持，从头到尾，一个人既做主持人，又当主讲人，像跟你拉家常，很随和。让人印象更深的是，他对中外文学作品的了解可以说如数家珍。可以想象，这些书曾深深感染过他，所以他相信文化的力量。

新京报：习近平在会上谈到些名著，这份书单在网上热传，你对这些书有什么共鸣吗？

麦　家：说实在的，有些书我至今都没有读过，有些书虽然读过，但也没有他有见地。比如《浮士德》，我就没看完，看了大概七八十页，实在看不下去，太枯燥了，而他用了一个月苦读，把它看完，让我这个"专业读书人"感到汗颜。当时他是个知青，那种强烈的求知欲，我们现在已经很陌生了。

新京报：你曾经说，人的一生如果精读50本书，就能安身立命。这应该怎么理解？

麦　家：精读50本书，意味着你至少要读500本书，精读的书是百里挑一挑出来的。读书的过程是寻找亲人的过程，一本书读不下去可以放掉它，去找另一本读。我相信当你读了10本、20本的时候，肯定会发现喜欢的书。你喜欢它，要把它放在床头，反复读。你喜欢的书，就是你的亲人，如果你有50个亲人，我想你足够面对人生的是是非非，面对各种艰难困苦。一本书对一个人的影响，有时要超过一个亲人。

文艺创作者不能眼里只有钱

新京报：座谈会上，习近平还谈到了一些影视剧为追求商业利益，虚构夸张，这样的作品迎合的是这个商业环境下的什么元素？

麦　家：人天生有惰性、弱点。这种情况下，单纯地迎合观众其实是很容易的一件事，就是投其所好，挠你痒痒。

我们现在有些作品就是这样，一味迎合，打开电视，你会看到大量的雷剧、神剧，对历史和英雄一味戏弄，毫无原则地丑化、神化，这对青少年观众很容易产生误导，让他们不能正确认识自己的过去。没有过去，哪有未来？我们需要庄重地面对自己，面对读者，只有庄重，才能赢得珍重。

新京报：但像手撕鬼子这种情节，对于编剧来说已经不属于文艺范畴了，而是常识，为什么还会不顾底线做这样的内容呢？

麦　家：这就是没有底线，常识都不顾了。文艺作品的创作者必须要有底线，有良知，不能眼里只有钱，要心里有情怀，有创作者的自重、自爱。我们编织一个剧情，不是在编织一只袜子。

新京报：还有一些影视作品，在很多年轻人中的反响很好，但有种声音认为这类作品的文化价值远低于商业价值，你怎么看待？

麦　家：有个词很形象，叫脑残粉。有些票房很高的电影我确实欣赏不了，可能是因为我不脑残吧。我不愿意为脑残粉写作。受众的品位是可以调教、培养的。就我个人来说，写作时是带着一个小小的要求，就是希望读者看到我的作品，有一定的触动，触动之后，他并不是对生活绝望，而是对生活更有信心，或者说更深刻地理解生活、理解苦难，可能不会让他更幸福，但能更明辨是非。我不愿为了迎合什么而去加一些厚黑学的因素，我希望劝人从善，劝人向美，以文化人。

"跟政治不能过分亲密"

新京报：你说过一句话，作家需要孤独，这句话怎么理解？

麦　家：作家如果整天生龙活虎地跟大家搅在一起，他一般写不了好作品。作家是非常个体的劳动，需要孤独。我认为人的智商其实表面差不多，比如我和你对话，旁人突然提个问题出来，我和你的答卷可能差不了多少，因为我们这是第一层面的交流。但一个作家如果仅仅满足在第一层面的写作，是没有意义的，因为你没有深入思考，人云亦云的话不说也罢。作家应该是进入到第二个甚至第三个层面，这个过程是很孤独的。情到深处人孤独，孤独是一个作家的花园。

新京报：你觉得自己孤独吗？

麦　家：表面上很热闹，心里其实更孤独。成名是把双刃剑，成了名，别人会拿更高的代价买你的作品，会放大眼睛看你，但你也成了大众消费品，时间被很多无谓的事情消耗，思考、写作的时间都被牺牲掉是件很恐怖的事。现在我对自己立下规定，下午四点之前不开手机，每天早起锻炼身体，吃完早饭，把中饭带上，到我写作的地方去沉思默想，能写就写。

新京报：这是你平衡社会角色和孤独状态关系的方法？

麦　家：因为如果你不下这个狠心，你可能一个字也写不出来。没有作品，只有虚名，满足于虚名，那不叫作家，叫俗人一个。

新京报：你如何看待作家与政治、文学与政治的关系？

麦　家：莫言说过一句话，我觉得很好，他说文学肯定大于政治，但又摆脱不了政治。我觉得一个作家包括文艺工作者，媚俗是最可怕的敌人，你跟政治不能过分亲密，应该带着批判精神去发现社会上的病症、指出问题，不能成为政治的附庸。

作为作家，我是现实的怀疑主义者、批判主义者，这种批判并不是想把什么东西批倒，而是想让这个东西变得更完美。

（文／贾鹏、王蕴懿、李想）

钱理群

出生于1939年,成长于红色年代,亲历了"反右运动"、"文革"等,被认为是当代中国批判知识分子的标志性人物。

我们那一代人最大的教训,是不能分清彼岸和此岸,我们相信彼岸能够成为此岸的东西,但事实上,天堂变成此岸就成为地狱。彼岸的世界是可望而不可即的,否则不叫彼岸。

为了完善自我的告别

2014年12月12日,北大教授钱理群在"'钱理群作品精编'系列出版座谈会"上向学术界告别。20日下午,钱理群在三联书店以"我与青年"为题再次演讲,向青年告别。钱理群在短时间内的两次告别,引发了广泛而热烈的回响。

继向学术界告别之后,12月20日,学者钱理群再次向青年告别。在三联书店书籍和青年围成的一方"讲台",钱理群做"我与青年"的演讲,他的学生邵燕君坐在前排。2002年6月钱理群退休之时,向北大学生告别,她也坐在台下,并向老师送了花篮。

事实上,钱理群已经多次,面对不同的人群,挥手告别。如同鲁迅笔下的过客,他被某个声音指引,不断前行,接下来的写作,除了面向自己,便是面向未来。他也一次次表明自己不理解90后及更年轻的一代,只能抽身远离。

演讲结束后,一位90后女生给钱理群献上了鲜花。

"完善一个有现实关怀的自我"

"我觉得这个……不谈告别的话题!"告别青年的演讲开始前,钱理群和新京报记者在"老北京"餐馆见面,他落座不久,即对记者说。12月12日,他在"《钱理群作品精编》系列出版座谈会"上向学术界告别,在他看来,这只是一个寻常的发言,"在很小的范围里那么一说",经过媒体的传播,却迅速"闹"成热门话题。

对于这一突如其来的"新闻",钱理群用一个词形容——"害怕",

他"特别害怕"成为公众人物。告别的话题被广泛关注后，他接到了很多媒体的采访邀约，但绝大多数都予以拒绝。目前，他最大也是唯一的要求，是："谁也别注意我，让我安静下来，做我自己想做的事情。"

这种告别，只是一种外在的告别，"内在的精神不会变"。钱理群边夹碗里的菜，边对记者说："像我这样的人，不关心现实是不可能的，但我希望能安静下来，用我最后的时间，来完成和完善我自己。""完成和完善自己"，正是向学术界告别时谈到的重点。为此，钱理群强调自己只是告别学术界，并非告别学术，他还有八九本书要写。

这些年，钱理群不断告别，向"民间思想村落"告别，向北大告别，向中小学教育告别。向前者告别时，他写道："我觉得，我是一个过渡性的人，我应该退出你们生活的舞台了，我不希望我的思想成为你们继续前进的一个阻力或者负担。"如今向学术界告别，12月20日，他又向青年告别。

"告别"成为他晚年生活的关键词，每一次告别都"很痛苦"，也反映出他身为学者的言说困境。"这太正常了。我现在和青年的关系，是爷爷和孙子辈的关系，你尊重爷爷，但他并不懂你。说老实话，我和孙子辈谈到这个份儿上，还有人愿意听，已经很不容易了。得见好就收。"钱理群说。

他一直记得导师、北大教授王瑶的一席话。"你作为一个人，应该清楚你要什么，不要什么，因此，你就必须能拒绝诱惑。"王瑶说。时值1981年前后，作为王瑶助教的钱理群，被认为处在一个相当有利的位置，"会有很多人找你写文章、开会"。

"对于一个正在往上发展、势头很好的年轻人来说，这句话的分量，你想想看！否则，你做了很多次演讲，你出了无数的书，看起来已经很辉煌，但是到最后，你心里很悲凉，因为你真正想要做的事情，没有完成。"钱理群说。他觉得，在某种意义上，他一直遵循着王瑶的教导。"这次也是这个意思！"他放下筷子，提高了声调。

采访时，钱理群说得最多的一个词语是"自己"，表现在研究和写作上，即出于自己的精神需要，"它当然同时作用于社会，但我更追求的是自我精神的完善。"

钱理群出生于1939年，成长于红色年代，亲历了"反右运动"、"文革"等。如今人们所理解的"自我"，更着重于"我"，但钱理群这一代人，无论怎样强烈的自我，都被时代伟力改变，和国家的前途、民族的选择紧密联系在一起。"我要完善自我，是完善一个有现实关怀的自我。"钱理群说。

"乌托邦有价值，但要明白它只是乌托邦"

此番告别之后的写作，钱理群强调是面向未来。"我现在所关注的问题，我所思考的东西，不一定为现在的人所关心。但是我觉得，就像现在的人回顾'五四'，甚至回顾20世纪80年代一样，迟早我们的后代会关注眼前这个时代。"钱理群称，他要做的事情，就是为后人留下另一种声音。

孙郁等多位学者觉得，钱理群像鲁迅笔下的过客，只知道不断朝前奔走。"至少我很受鲁迅的'过客'的影响。我总觉得前面有个声音在指引我向前走，但前面究竟是什么，不知道。更强调过程，意义在走。背后包含着鲁迅的'反抗绝望'的哲学。"说完，钱理群自己点了点头。

青年时代，钱理群这一代人面前，耸立着一个明确的目标。后来，这一信仰幻灭了。钱理群对此有过深刻剖析。在他看来，信仰是彼岸的追求。"我们那一代人最大的教训，是不能分清彼岸和此岸，我们相信彼岸能够成为此岸的东西，但事实上，天堂变成此岸就成为地狱。彼岸的世界是可望而不可即的，否则不叫彼岸。"

信仰坍塌之后，无力感、虚空感掏空了几乎每一个人，人们对"彼岸"整个予以否定。"但是我不！我还是年轻时的那个信仰，但我很清楚，那只是彼岸的东西——可以接近，永远达不到。"钱理群说。正因如此，信仰所产生的精神力量在他身上没有完全消失，仍然支撑着他。用学生余世存的话来说，他逃不过时代的宿命。

"讲具体一点，我们那一代人有一个简单的理想，是消灭一切人压迫人、人剥削人、人奴役人的现象。以前我们以为，现实生活可以做到，但现在发现，这永远存在，甚至社会的每一个进步，同时带来新的奴役，比如说网络,就是这样。"钱理群解释说。

在他眼中,自己的这一信仰——"如同北斗星照亮"——对现实具有极强的批判性。对教育制度,对历史文化,他都提出批判意见,但不像鲁迅,论战时树敌众多,甚至因此影响身体健康,而是采取"不点名战法",从不点出具体的名字。"这没有削弱战斗性,反而避免了很多无谓的东西,也减少伤害他人。"

"凡是社会中出现压迫、剥削、奴役,都是我批判的对象",钱理群认为这是自己的信仰价值之所在。更进一步,他始终觉得乌托邦自有价值,甚至需要一个新的乌托邦,问题在于,要明白乌托邦只是乌托邦,不能为社会现实提供具体方案。

钱理群称,在这一信仰驱动下的批判,同时有所建设。"压迫不能避免,但你可以减少、防止。我觉得一个理想的社会是可以做到的。"说着,钱理群笑了笑。在当日告别青年的演讲中,他试图呼吁青年重建理想、信念、信仰,并提出两个建议:自由地读书;沉潜到社会底层,与老百姓建立不同程度的精神联系。

生活·读书·新知三联书店整理出版了"钱理群作品精编",该系列计划共11册,分为专著和文集两种类型,整合收录了作者主要的学术专著和文章随笔,既是对钱理群先生学术思想阶段性的总结,也试图呈现出这一代知识分子的心路历程和主要成就,并对重新思考"时代"与"思想"有所助益。

"很多人问我,你那么大年纪关注年轻人干什么呢?我的回答很简单,我说对一切都绝望了,我唯一不能绝望的是孩子,如果对孩子都绝望了,你靠什么生存呢?"

"像一支箭,射到大海里去"

"我怀着反对一切压迫、剥削、奴役的信念。"钱理群边咀嚼,边对记者说。

这形成了钱理群内心世界的"底色"。1988年,学者汪晖在文章中说:"温和的微笑与对20世纪中国文化的充满激情的声音几乎伴随着钱理群所到的一切场合，但倘若你留心，就会在他偶尔显得疲乏的眼神中读到几丝深沉的悲凉。悲凉对于钱理群来说是一种人生境界，它的基础不是对于这个世界的失望与憎恨，而是对于自己的失望与憎恨……"

四分之一个世纪以来，现实越来越超出钱理群的理想，这种失望越来越广泛而深刻，"我应该说是有些绝望的"。"9·11"事件发生，他说："使我再一次陷入了言说的困境。"社会贫富分化日益严重，他觉得自己有责任，因为"最初没有察觉"。有人认为，这是观念与现实错位后的必然结局。钱理群一直觉得自己无能为力。

"批判不就很有力？"记者问。

他摇摇头，说："鲁迅的一句话我一直引用，意思是我批判的言说，像一支箭，射到大海里去——它是箭，射出去了，但落到大海里了，不起波澜，能起一点波澜就了不起了，但事实上，不起作用。"从这一角度来说，他的批判最终都是出于对自己的责任，"是为了我自己"。

2012年，钱理群发表"精致的利己主义者"批评，在社会上引起轰动。事实上，这一批评是中学教师向他反映的。乘电梯时，钱理群讲到自己身边时常发生的事情。有些学生来告诉他，喜欢听他的课，能说出几点听起来不错的理由，钱理群便悦纳他，找自己写推荐信，也欣然提笔，可是此后，再也看不到他们的踪影。

"他的微笑，他的说话，你没办法不信任他，但他是有目的的，一旦达到，就离开了。这很可怕。"钱理群感叹。

他一如既往地信任学生，发表批评，但是，他强调，这些批评的影响"极其有限"。他指着记者说："如果你认识的这个人是一个精致的利己主义者，你能怎么办？能改变他吗？如果有作用，那只是起到警觉的作用，比如一个年轻人很想向他看齐，听了我的话，会自己思考。"

在钱理群看来，知识分子的言论，唯一的作用是社会清洁剂的作用。因而，他的要求只是"允许我说话"，"我来提醒你注意，至于做不做，那是你的事"。同时，他展开行动，和青年志愿者在一起，建乡村图书馆，进中小学讲课，为北京打工子弟学校服务等，身影活跃于民间，也因此积聚了"丰富的痛苦"。

钱理群称他已经看透，对自己的言论价值、有限性早有清楚认识。

"我经常说,对我的言说的价值的估计,是在小数点后零零零零零几,是不大的,但是有,而且基本上是正面的,我就很满意。很多时候我都是白说,但是白说也要说。"钱理群说完,又笑了起来。最后一句,是其师王瑶一贯的观点。

吃完饭,距演讲半小时。人们不断赶往演讲场所,他们已在等待钱理群。其中,绝大部分是青年人。

哪怕骗自己,也不能对青年绝望

新京报:在社会现实让人产生无力感的时候,在你看来,青年应该何为?

钱理群:我觉得,第一,本来是最低标准,现在是最高标准,就是说真话,坚持自己。有时做不到,那你就沉默,但是对青年人来说,可能沉默也做不到。比如我曾经接到过一个大学毕业生的信,他说我必须对某个问题表态,不然不能毕业。这给我出了个难题,我怎么说?我跟他说,你应该表态。你不说,你就不能毕业,找不到工作,那你只能够妥协和迎合。

这时候,你要掌握三点:首先,分清是非,知道自己做了一件不该做的事情,你别将来觉得自己做了一件对的事。很多人最初说谎,心里不安,到后来,越来越心安理得;其次,你必须是被迫的,不是主动、自觉的;最后,不能伤害他人,一切后果你自己负责。这三点对于年轻人来说,很难。

第二,我提倡从自己做起,从改变周围做起,我提出"静悄悄的存在变革"。比如,现在读书会很多,这是好事。当然,也要保持独立性,不受惑。

新京报:你为什么这么关注年轻人?

钱理群:很多人问我,你那么大年纪关注年轻人干什么呢?我的回答很简单,我说对一切都绝望了,我唯一不能绝望的是孩子,如果对孩子都绝望了,你靠什么生存呢?这个问题看似说得很大,其实,你看看现在很多年轻的父母,为什么对孩子特别上心,投入极大？他们觉得我这辈子就这样了，这个社会我无力改变，于是想尽办法对孩子好。对我来说，也是这个问题。

不管我怎么绝望，但是，哪怕是骗也要骗自己，我总得留一点希望啊。鲁迅说，故乡对我的蛊惑是哄骗我一生；我明知这是哄骗，我做什么事都失败，对什么事都绝望，但哪怕是虚妄，也要给自己希望。我是抱着这种信念去的。

新京报：你在中小学讲课，对90后或者更年轻的一代，是否能获得他们的认同或共鸣？

钱理群：我去上课，老师宣传说你们向往北大，北大有钱某人，现在他都到门口了，你还不听吗？但是，听课的人越来越少，因为这和高考无关。最后坚持下来，只有二三十个人，但是，他们作业的水平，对鲁迅的理解，比大学生还高。这就够了！

新京报：这是一种希望吗？

钱理群：不，不，教育的力量再大，也比不上社会的力量。在初期，可能受我的影响，但是大学毕业之后，却可能走向另外一条路，成为一个精致的利己主义者。不过，说得极端，我经常谈到前苏联作家奥斯特洛夫斯基小说中的场景，一群孩子小学毕业了，有人演讲，说长大后，我们当中有人可能成为坏人，但是只要小时候有这种美好的记忆，即使成为坏人，也跟一般坏人不一样。你播下了一个健康的好的种子，也许后来变成另外的样子甚至夭折，但有没有这个种子，不一样。

（文／吴亚顺）

杜维明

北京大学高等人文研究院院长,美国人文社会科学院院士。

商人、学者、政府都不能把儒学当成手段与工具,传承发展儒学,需要真诚与坚持。

儒学要开放、多元、自省

我们为什么要学儒学

新京报：儒学的发展经历了怎样的变化过程？

杜维明：近代以来，儒学受到过极大打压，"五四"、"文革"时，儒学都被视为腐朽思想。北大从1923年到1985年的62年间，没人教授儒家哲学。我1985年首次到北大讲授儒家哲学，有先生告诉我，上次来讲（儒家哲学）的是梁漱溟先生。进入21世纪，政府开始重视儒学，民间也兴起儒学热潮，让我很感慨。

新京报：2013年，习近平专程去曲阜祭孔，政府主导推行儒学？

杜维明：这要从更宽广的视野和较长的时间来解读。我希望政府对儒学的推动是顺势而为。儒学在社会各界及民间兴起，政府也接受传统文化的内在价值。但我也有一些担忧，因为儒学强调人的自主性，要民众自愿去学。如果只从上而下强迫民众学习，怕很难起到好的效果。儒学植根于民生，生成于民间，政府应该接受它的内在价值。

新京报：曲阜推行儒学时，会用金钱奖励，有村民为5元钱奖励去听儒学，这样推行儒学会有效吗？

杜维明：儒学最好由民间推行，效果肯定比行政命令好。如果政府提供一个宽松的生活氛围，就让儒学在民间自然而然地发展。商人、学者、政府都不能把儒学当成手段与工具，传承发展儒学，需要真诚与坚持。

新京报：你如何看待民间儒师？

杜维明：儒学是生活伦理、生活方式，是生活哲学。儒学生长在民间，民间不能自然传承，儒学就死了。我佩服一些在民间默默推行儒学的人，他们让儒学走出学术殿堂，走出博物馆，成为一门生活哲学。当然，象牙塔里也能创造出伟大的哲学思想。

新京报：21世纪，我们为什么要学儒学，国家为什么要推行儒学？

杜维明：国家、民族，要有文化之根、思想之源。儒家哲学思想是塑造中华文明的重要组成之一。21世纪，中华文明能向世界传递什么样的文化信息？人类面对两大重要问题：一是认同，我们是谁，我们希望别人认为我们是谁；二，怎样适应现代化、全球化的大趋势。

新京报："我们是谁"的问题还没解决？

杜维明：我看还没有解决。非常麻烦。汉族和少数民族之间，大陆与港台之间，存在某种认同上的隔阂。如果价值走向混乱，认同问题不理清楚，族群之间张力大，统一、共识很难顺利。

新京报：儒学对我们处理"认同"问题有何帮助？

杜维明：儒学处理问题的基本理念，突出和为贵，突出互为尊重。56个民族的和谐，包含藏胞、维吾尔族，要让他们在大家庭中感到被尊重，而不只是给他们钱和优惠政策。我在香港一次演讲中，提出了21世纪具有文化意义的"我们"如何可能，"文化中国"的概念也可以用儒学思想贯穿起来。

儒家思想具有公共性

新京报：你刚才提到第二个问题是"适应"问题？

杜维明：适应问题是指适应现代化。现代化道路实际上是西化的道路，鸦片战争后，我们觉得传统道路走不通，只有走西方道路才能发展。西方道路在他们内部社会也出现了问题，西方道路不能解决我们发展中出现的问题。仅仅西方的价值观念，已经不能包含解决当今人类所遇到的问题。

新京报：儒学能解决这些问题？

杜维明：每一个传统都会自觉不自觉地塑造它的现代性。美国的现代化与美国传统分不开，日本的现代化与日本的传统分不开，中国的现代化也与中国的传统分不开。

新京报：儒学的包容、开放、多元对塑造传统的现代性有什么作用？

杜维明：儒学的包容、开放、多元化，有助于促进市民社会的出现。学术、媒体、企业、宗教等领域的权威，相对独立，与政治权威可以平行对话，也可以抗衡，甚至批评，而后达成共识，以形成政策。这样的社会就弄活了。

新京报：传统的儒家思想重视修身齐家治国，在一定程度上会侵犯个人权利和自由，有人认为传统文化缺少现代性因素。怎样让儒学与现代性对接？

杜维明：即使接受现代性的儒学和西方自由民主法治的理念和实践不尽相同，但儒学其实是非常重视个人权利和自由的。儒学和现代性对接的连接点是儒学的公共性。梁启超曾经批判儒学，认为儒学只有私德，没有公德。我并不赞同。儒家的思想有公共性，儒家希望每个人、每个家庭、每个社群，互为教化，为自己和他人，乃至天下人的发展和生活保障创造条件。

新京报：这一届领导集体强调建立国家治理体系和治理能力的现代化，关键是依法治国，儒学在其中能发挥作用吗？

杜维明：儒学的礼教和现代意义上的法治并不矛盾，儒学在汉朝以来，成为政治稳定、维持社会秩序的大经大法。这种法和英美的习惯法比较接近。儒家强调道德观念，社会秩序稳定，只靠法不行，道德教化是根本，是保证祥和、理想社会的必要条件。

新京报：你对儒学发展和儒生有何期待？

杜维明：儒学价值中的仁爱和对天地万物的敬畏，为超越世俗人文主义，包括我提出的"精神人文主义"提供思想源泉，最终创造一条路，一元神信仰者、无神论者都能接受的道路——精神人文主义。

我希望儒学朝着开放、多元、自省的健康方向发展。

对于儒生，在复杂多元的现代社会中，怎样才能成为有良知、理性、社会责任的公共知识分子？儒生应该参与公共事务，重视文化，尊重宗教，关爱地球，走知行合一的道路，将知往深层次拓展，将行落实到日常生活中。

宋立林

民间儒师,常年在乡村推广儒学。

政府推广儒学本身是件好事,政府有强大的资源能够大规模大范围去做,但运动式推广可能流于形式,难以起到真正的效果。

把儒学"请"回乡村

用儒学解决现代化带来的问题

新京报：你经常在乡村做调研，你了解到的乡村现状是什么？村民的思想状况如何？

宋立林：在古代社会，乡村实际上是自治状态，靠乡规民约和礼法来治理，基层社会比较稳定。但到了现代化转型时期，随着城镇化进程，农村逐渐被边缘化，现代化商业大潮冲垮原来的礼法，而新的信仰没有形成，导致农村在物质和精神上都非常贫瘠。

新京报：现代村民信奉什么？儒学的基本价值观仁义礼智信村民还相信吗？儒学在乡野是否有现实需求？

宋立林：在农村，老年人还认老礼，虽然没文化，还认"仁义礼智信"那一套，年轻人受到外来观念冲击，对传统礼法不在乎，什么都不信。

儒学在古代社会是一种善治，在现代社会，儒学逐渐成为一门学问，从人们的生活中消失。现代化带来众多问题，应该重新把儒学请回到生活中，解决现代化带来的问题。

新京报：村民需要什么样的儒学？你在乡村推广儒学讲哪些内容？

宋立林：在乡村推广儒学，村民不需要听高深的道理，也不需要读儒学经典，只需要把传统的儒学基本价值用村民们能接受的方式请回到他们的生活中。

我在乡村讲学，基本内容包括伦理教育，用儒学礼法告诉村民家庭内部、邻里之间、社群之间如何相处，此外，还有一部分是素质教育，讲个人卫生、公共卫生，对公共事务的关心，私德和公德并重。

有一次，农村的一名村干部告诉我，以前他把孙子使用的一次性尿布随手丢在路边，破坏了环境，后来他知道爱护公共卫生的重要性，就把一次性尿布放到灶火里烧了。我当时想，一次性尿布含塑料纤维，用火烧毒性很大，对身体不利。于是决定，今后讲课多讲一些正确的处理塑料的办法。村民不知道什么是正确处理方式，你告诉他，他很愿意去做。人是可以教化的。

80岁老人骑车40里来听课

新京报：在农村讲儒学有什么让你印象深刻的事情？

宋立林：有次，我在泗水县一个书院里讲课，前排坐着一个80多岁的老先生，他腿脚不好，我把他扶起来，和他聊了起来。老先生告诉我，他是隔壁村的，离这里有40多里，他自己骑着农用三轮车过来听课。老先生是村里的文化人，爱好写诗，写了3000多首诗歌，但是在村里很少有人能交流。他听儒学课很认真，还做了笔记、提问。这个老先生的求学精神很让我感动，也给了我很大的动力。

还有一次，我在旅游景点孔子大学堂讲课，有一对外地来的父子游客，站在课堂最外边听，我请他们坐下，他们告诉我，他们的火车还有1小时就要开了，但想利用十几分钟的时间来感受下下儒学的熏陶，他们的这种求学精神让我很感动。

新京报：我在农村做过有关儒学课的调研，有村民反映"听不懂"、"没啥用"，离场率比较高，怎么解决这一问题？

宋立林：我在农村讲学还没有遇到这种情况，这可能和我的身份有关，我是农村的孩子，给乡亲们讲课就像和他们拉家常一样。

最好的方式是政府引导而非主导

新京报：在农村推行儒学遇到哪些困难？

宋立林：乡村建设是一个系统工程，需要经济、科技、政治、教育、文化等多方面互动，仅靠文化教育的力量是不够的。让我很尴尬的一个问题是，有人会问：学儒学有什么用，能挣钱吗？对于生活贫困的人来说，他们需要能立竿见影的挣钱办法。乡村建设是一个长期的系统的工程，文化教育只能发挥一部分作用。我不祈求儒学教育能立竿见影，也不奢望它能包治百病。

新京报：在曲阜有两股推行儒学的力量，政府工程和民间自发的项目，你既参加了由政府主导的百姓儒学工程，又参加了民间书院的乡村儒学工程，你觉得政府主导和民间主导的儒学工程，两者推行儒学的异同？力量如何互补？

宋立林：我参与了政府主导的百姓儒学工程，据曲阜政府规划，准备在一年内在曲阜的405个村庄一村配备一名儒学讲师，并配套推行一村一座儒学书屋，一村一台儒学新剧，一家一箴儒学家训。政府推广儒学本身是件好事，政府有强大的资源能够大规模大范围去做，但运动式推广可能流于形式，难以起到真正的效果。我认为最好的方式是政府引导而不是主导，政府放开手让社会团体来做，政府进行适当监管。民间社团组织自下而上，了解社会需求，慢慢试点，摸索出一套可行的方案，让儒学教育回归到日常生活中。

儒学讲师需要规范化培训

新京报：曲阜儒学讲师团体的现状？

宋立林：据我了解，曲阜儒学讲师团体有四类人，一类是研究儒学的专家学者，又有热情去传播儒学，大概有20多人；一类是传统文化爱好者，退休教师和退休老干部，他们一般在社区传播儒学，这一类人比较多；第三类人是旅游公司培训出来的导游，由孔子研究院对他们进行培训,长期给游客导游"三孔";第四类人是村里的文化人、乡贤,他们了解农村,但这一部分人太少。总体来看,儒学讲师师资紧缺,需要更多人投入到推广儒学的事业中来。还有一个让我担忧的问题是,师资质量良莠不齐,有的人有很高的传播儒学热情,但自身素质不高,把儒学经义理解错了。把错误的知识传播出去还不如不讲。因此,对儒学讲师的规范化培训非常重要。

(文/萧辉)

■ 链接

孔子故里儒学下乡实验

"百姓儒学"讲堂在石门山镇大庙村开课。

(图/周清树)

2014年10月14日晚,曲阜市石门山镇大庙村村委会大院,聚光灯将广场照得雪亮。来自曲阜的导游陈万凤站在半人高的长条桌前,用带山东口音的普通话,讲授《论语》中有关孝道、礼仪的儒学主张。

她的听众是大庙村100多位村民。像中国多数乡村一样,大庙村年轻人大都外出务工,村里多是老人与妇孺。当晚,约20个小孩被家长带来听课,他们全场不断跑动、嬉闹。一个男孩跑上讲台,朝下面做鬼脸,引发一阵哄笑。

孔子故里——山东曲阜正进行一场政府主导的儒学下乡工程:为下辖的405个村庄每村配备一名儒学讲师,并配套推行一村一座儒学书屋,一村一台儒学新剧,一家一箴儒学家训。

这场声势浩大的活动被命名为"百姓儒学"工程。

这是"百姓儒学"工程第一次在大庙村开展。两个多月以来,类似大庙村儒学讲堂的场景,每天都在曲阜的大小村庄中出现。

"听不懂"和"都是好事"

陈万凤讲课的主题是"孝道"和"礼仪"。她通过《论语》中的故事,引出孔子的话,再讲解具体含义。

"孔子有一个学生叫子游,问什么是'孝'。孔子说:今之孝者,是谓能养,至于犬马,皆能有养,不敬,何以别乎?"

陈万凤解释道:"人们以为给父母吃穿就是'孝'。但孔子说,如果只是如此,而对父母不怀尊敬,那跟圈养犬马有什么区别呢?"

陈万凤又强调了一句:"孝敬父母,态度很重要。"

2014年8月起,曲阜市开始在下辖包括周庄村、大烟村、葫芦套村、星家村等10个村庄试点"百姓儒学"工程。试点两个月多后,曲阜在全市所有村庄中正式铺开这一工程。

10月12日至15日,记者走访了试点村中5个村庄超过40名村民,多位村民都认为"讲得不错"。

"人们结合老师讲的对照自己做得不好的地方,还挺带动大家的。"陵城镇星家村一位杨姓村民说。

但部分村民也提出,老师讲课经常"听不懂"。

吴村镇峪西村的孔敏对一次讲课印象深刻:"两个人边说边唱,唱得咱老农民可高兴了。"

离场率较高也是村民普遍提到的问题。"还没讲完,一半的人都走了。"

"闲着也是闲着，村里让去就去了。"周庄村冯阿姨说，"孝顺的人不用讲也孝顺，不孝顺的人讲了也没用。"

孔子故里的村民们对于"儒学"并不陌生，当地保留着浓厚的传统礼仪和观念。"如果不孝顺，会被同村人笑话，甚至嫌弃。"大烟村一位年轻村民说。这与"百姓儒学"工程讲授的许多理念不谋而合。

讲师陈万凤也认为，在农村，传统的孝道、礼仪等秉承得比较好。

在尼山镇周庄村村民蔡祥英看来，讲课老师所讲内容为"文明礼貌那些事"，"都是好事"。

"给村民讲课很难"

45岁的陈万凤是孔子旅游集团导游有限公司的专职导游，已经下乡讲了三场课，算是较有经验的讲师。

14日讲课前，她和坐在前排的老人简短交流，老人希望听到贴近生活的内容。她便临时将"孔子生平"的主题，变为了"孝道"和"礼仪"的主题。

尽管有不少村民离场，陈万凤觉得"这次效果还行"。

她在第二次下乡讲课时，曾遇到村民"捣乱"。那是9月底在尼山镇大烟村。"讲到公平时，一个约50岁的男人站起来说，哪有公平？我们村前开了一座山，院子里全是飞尘，没人管。"陈万凤很无奈，"他可能把我当成政府的人了。"

陈万凤与其他下乡的老师们沟通过，大家的共识是：给村民讲课是非常难的事。

讲师袁雅静说，有些村民听课时在下面聊天；在场的小孩很多，总跑来跑去。

在曲阜两年前开展的"彬彬有礼道德城市建设"活动中，袁雅静讲了20多场课，受众均是政府机关、学校、社区等的城市居民。她觉得无论维护纪律还是沟通，"容易多了"。

但在陈万凤等讲师看来，改变村民的上述状况，正是这项工作的意义所在。

她觉得，授课时与村民多互动一些或许能改善授课效果，"我们需要了解村民想听什么，适当调整讲课方式和内容。"

作为招募并培训儒学讲师的主要单位负责人，曲阜市旅游局局长孔国栋也意识到了这个问题。他说，只依靠课堂上的学习难免枯燥和单一，下一步将推出参与性强、趣味性足的活动，例如讲"如何提高果树成活率"等内容。

新京报记者走访的农村中，以老年人和儿童居多，青壮年大多外出务工。尼山镇周庄村村支书冯敬华介绍，该村留守村民的平均年龄达到了50多岁。

"无论是孝顺老人，还是教育孩子。都是青壮年的责任。但这个群体却缺席了听课。"陈万凤说。

"我们不是形式主义"

类似大庙村的"儒学讲堂"，每天都在曲阜的大小村庄中开讲。

曲阜将"百姓儒学"描述为"彬彬有礼道德城市建设"活动的延续。该活动从2012年8月开展，截至2014年7月底，已经对64万市民完成了一次儒学及道德、礼仪知识教育普及。曲阜宣传部的材料显示，该活动效果显著，曲阜"人人彬彬有礼，处处干干净净"。

2014年8月，曲阜在前期开展"孔子文化大讲堂"进乡村的基础上，在10个村庄试点推行了"一村一名儒学教师"活动。

9月24日，国家主席习近平在纪念孔子诞辰2565周年之际强调中国优秀传统文化的重要性。

两天后，即9月26日，曲阜正式提出"百姓儒学"工程的概念，并加大了宣传力度。

2013年11月26日，习近平就曾来到位于曲阜的孔府和孔子研究院参观考察，并同有关专家学者座谈。

曲阜市委宣传部提供的材料显示，"学习贯彻习近平总书记系列重要讲话和视察曲阜重要讲话精神"是推行该工程的重要背景。

"把优秀的儒家传统文化普及到最基层，是这一工程的目的，"曲阜市文明办副主任吴继芳说。

按照计划,曲阜"百姓儒学"工程将在2014年完成150个村庄的"儒学课堂"建设,2015年上半年完成全市405个村庄的普及。

此外,曲阜还将启动"一村一座儒学书屋、一村一台儒学新剧、一家一箴儒学家训"等配套活动。

活动声势浩大,但"形式主义"的质疑也频频出现。

作为活动具体执行部门之一的负责人,吴继芳有些委屈:"'百姓儒学'延续了'彬彬有礼道德城市建设',并将普及范围由城市扩展到了农村。'百姓儒学'不是形式主义,也不是政绩工程。"

在曲阜,每个农村都建有农家书屋,再配备些儒学的书,就成为儒学书屋。关于儒学新剧,吴继芳说:"创作任务已经给镇里和村里安排下去,推出只是时间问题。"

"给村民拉家常的机会"

自2014年8月开展试点到11月算起,"百姓儒学"工程已推行了两个半月。

曲阜旅游局长孔国栋认为,一两堂课、一两个月改变不了什么,但是哪怕只是给村民们每周聚在一起拉拉家常的机会,邻里之间关系也会更融洽。

"原来一个村子的两户人家有矛盾,话都不说。一起听课拉家常后,她们相约一起去赶集。"孔国栋举例说。

讲师陈万凤认为,改善民风的目的需要通过坚持不懈的长期教化实现,最好"永远"讲下去。但她承认,"永远"是个理想化的状态。

讲师袁雅静与村民有过交流,村民提意见说,希望能够固定一个老师来村子讲课。但目前远做不到。

师资力量不足正是"百姓儒学"面临的主要问题。曲阜文明办副主任吴继芳说,目前授课老师以曲阜师范大学、济宁学院、孔子研究院等高校教师、专家等为主。但要覆盖全市400多村庄,"师资力量还有待完备"。

为解决这个问题，曲阜下一步将推进"乡贤选师"计划——依托了解儒家文化的各乡村德高望重的村民、离退休教师和干部，通过村民选举，每个村推选一名乡贤教师。

高调推动、宣传"百姓儒学"工程的同时，在师资、资金等具体问题上，曲阜并没有相应的成熟方案。提出"百姓儒学"工程4天前，即9月22日，曲阜才发出志愿者讲师招募公告。

10月13日，吴继芳称，"百姓儒学"工程所需资金主要是交通费和教师工资，但还没有预算。

"连双袜子都没丢过"

曲阜"百姓儒学"工程能对村民们产生多大的影响，隔壁县的尼山圣源书院也许能提供一个令人乐观的案例。

尼山圣源书院位于紧邻曲阜市的泗水县北东野村，据传孔子诞生地尼山夫子洞就在该村附近，白墙灰瓦的联排建筑在黄土飞扬的北方农村中与众不同。从2013年1月起，书院便组织专家学者进村讲授儒学经典，现已形成固定讲课制度。该书院是国内第一个提出"乡村儒学"概念的民办机构。

在院副秘书长陈洪夫看来，"百姓儒学"工程是好事，但速度有点快，讲课的面铺得有点大。

从提出设想到进村授课，尼山圣源书院的专家学者花费了半年时间进行调研、考察等筹备工作。但至今只在7个村子开设了授课点。

"这种活动讲究与群众成为朋友。讲完就走，效果会大打折扣。"陈洪夫说。

院秘书长赵法生经常到村里与村民拉家常，有时自己拿钱支持有困难的村民。"村民自然听得进他的课。"

任职书院副秘书长前，陈洪夫曾任职泗水县财政局局长。体制内的经历使他认识到，政府推动一项工程奉行的是"响应上级号召、上级服从下级"的行政逻辑，对于实际情况往往考虑不足，因此政府主导的工程，"生命力有待时间验证"。

经过充分调研和循序渐进地推广，学者们发现尼山圣源书院授课1—2年的村子，民风有所改善，治安案件发案率降低。书院所在的北东野村村干部告诉陈洪夫，2013年村里"连双袜子都没丢过"。

如果仅仅停留在讲课和口号宣传上，而无法进行持久实际的教育活动，道德建设工程的效果并不理想。

在曲阜，曾广为推广"彬彬有礼道德城市建设"活动，曲阜市委宣传部提供的一篇宣传文章中提到，在道德建设中，在搭建活动载体时，曲阜曾一年一个口号，老百姓记着的不多，参与程度不广。

考虑到天气有些冷，10月14日晚，讲师陈万凤在大庙村只讲了半个小时课。

当晚7点45分，村支书郭玉山走到话筒前：今天的演讲到此结束，以后会经常开展。大伙回家吧。

"回家喽，"有村民大声喊。很多人笑着退场了。深秋的夜色下，喧闹的大院很快归于平静。

（文／周清树、尹瑞涛）

经济:"新"在哪里,"常"在何处

从高速增长转为中高速增长。

经济结构不断优化升级,第三产业、消费需求逐步成为主体,城乡区域差距逐步缩小,居民收入占比上升,发展成果惠及更广大民众。

从要素驱动、投资驱动转向创新驱动。

厉以宁

我国最早提出股份制改革理论的学者之一。现任北京大学社会科学学部主任、北京大学光华管理学院名誉院长。

(图／薛珺)

如果中国错过了结构调整就是最大的损失。所以，现在提出"新常态"，就有避免超高速增长，尽早使经济结构合理化的意图。

新常态意在结构合理化

如何理解"新常态"

最近中国的媒体经常提及"新常态"这个词,那么,该如何理解"新常态"呢?这是相对于我国前一段时间不正常的经济高速增长而言的,意指经济应逐步转入常态。

过去几年中国经济的超高速增长是"非常态",这是不能持久的,不符合经济发展规律的。所以,现在提到的"新常态"主要有两个含义:第一,做我们力所能及的事情,盲目追求超高速增长对中国长期经济增长是不利的。第二,经济超高速增长给中国经济带来的是:资源消耗过快,生态恶化,效率低下,产能过剩,以及错过结构调整的最佳时机。其中,"错过结构调整的最佳时机"是最重要的。

错过了结构调整的最佳时机,会留下很多"后遗症"。现在我们不得不把结构调整放在重要位置。结构调整很重要,比单纯追求经济总量更重要。

虽然现在中国GDP总量已跃居世界第二位,但是,从结构上来说,中国还落后于一些发达国家。因为中国的高新技术产业所占GDP的比重还比较低,没有发达国家那么高。同时,虽然中国人力资源结构比过去改善了很多,但是,大学毕业生占总人口的比重也比较低,中国的熟练技工队伍正在形成。

在这种情况下,如果中国错过了结构调整就是最大的损失。所以,现在提出"新常态",就有避免超高速增长,尽早使经济结构合理化的意图。

目前,十二五规划(2011–2015年)即将结束,即将开展十三五规划。对于十三五规划,很多专家(包括我在内)都提出,要保持适度增速,不能再追求GDP超高速增长了,政府应该考虑适当降低GDP增速。如果中国能够增长7%就不错了,即使能保持在6.5%–7%也属于正常,因为经济增长要重在经济质量提升和结构的完善,而不是单纯追求经济增速。

硬性的增长指标如何改

多年以来,中国政府靠下死命令实现增长目标。比如,某年定的增长速度为9%,全国各地拼命干,力求最终达到目标。这样下去,就会产生问题,无论对地方政府还是对中央政府都同样形成压力。因为地方的发展规划是由地方人民代表大会通过的,全国的发展规划是由全国人民代表大会通过的。一旦全国人民代表大会通过这些硬性指标的目标,就意味着要严格执行。

于是,各地政府为了完成任务或者赶超别人,会不顾经济增长的质量和结构的调整,政府就会很被动。

为什么会很被动呢?主要原因在于,硬指标意味着一定要完成,一定要完成硬指标则意味着只顾增长,就把产能过剩、高成本、效率差等都放在次要地位了。过去我们总干这种傻事,政府力争今后改变这种现状。

可喜的是,关于把增长率从硬指标改为有弹性的预测值的做法,现在已经在一些地方进行试点。先试验一段时间,如果试行成功,再推广,这对于中国经济增长和调整结构是非常有好处的。

如何看待当前经济增速下降

经济增长下降是有几个原因造成的,比如出口下降、过剩的产品销不出去等。但同时,应该看到另一个非常重要的事实,即中国实际的GDP不仅比国家统计局公布的数字要高,而且年年如此。那么,何以见得呢？

第一，农民盖房子在西方发达国家是计入GDP的，而中国农民盖房子从来不计入GDP。

第二，有一些就业人口的收入没有计入GDP。如现在担任保姆、月嫂等职业的人越来越多，她们的工资也越来越高。目前中国家庭保姆有几千万人，但是，她们的工资收入是不计入GDP的。而在西方发达国家，这些人的收入是计入GDP的。

第三，在中国，个体工商户一年的实际营业额是通过包税制倒推出来的，而他们的实际营业额会高于包税制下推算出来的营业额。也就是说，中国的大量个体工商户少报了营业额，中国的GDP统计也就少算了。最近还规定，月营业额不足3万元的小微企业免税，这就更不好统计他们的实际营业额了。

第四，据前几年数据统计，中国GDP构成中，国有企业不到35%，外资企业大约在10%或略多一些，而民营企业则超过55%。也就是说，中国的民营经济占了GDP的55%以上。近年来，有外国学者认为中国的GDP存在虚报的可能。实际上，这恰恰说明他们不了解中国。因为民营经济通常选择能少报营业额就少报，所以，民营经济占GDP的比重应该超过55%。

我们要承认中国实际的GDP比国家统计局公布的要多。既然如此，就不要害怕GDP增速下降0.2或0.1个百分点。

投资和就业存在什么关系

这是经济学的一个老问题。经济学中，从来都是这种想法：新的工作岗位是在经济增长过程中作为投资的结果而显现出来的，要增加就业，就必须有大量投资。

但是，目前中国的情况变了。中国正在朝市场经济方向走。在大力推进技术创新或不断更换成套设备的时候，在投资于高新技术产业的时候，就业人数反而减少了，因为机器人、自动化使得人力减少，新技术下不需要那么多人就业。这是高新技术发展过程中必然出现的问题。

另外，中国正在加强环保建设，比如当前的雾霾是由于工厂烧煤太多、排烟过多等造成的，所以全国都在推动低碳化。而低碳化意味着必然要关、停一些企业，在国家治理环保的同时，会有一部分人因此而失去工作岗位。

那么，中国增加就业靠什么呢？如何保持就业的可持续性？当前中国的政策是，要靠发展民营企业，发展小微企业，鼓励创业。现在创办小微企业，可以先营业后办证，可以省掉很多手续。同时，对小微企业，还有贷款的支持。

同时，还有第二种情况，即中国的农业正在进入新的发展阶段。2014年中央一号文件正式提出要发展家庭农场。这是一个新的提法，过去从未如此提过。过去家庭农场主要出现在美国、加拿大、西欧等国，现在中国正在进行土地确权，部分地区农村土地已完成确权，也相应地提出了这个概念。

农村土地确权，是指在过去农民的土地是集体所有制，没有确权，农民事实上成了被架空的所有制承担者。现在不同了，中国正在进行土地确权。

2012年，全国政协经济组在浙江嘉兴市村镇考察，当时嘉兴市刚完成土地确权工作验收，之后我们到了嘉兴市的农村，看到村里满地都是鞭炮屑，一片红。这股热闹劲，一般都是农村家里有喜事的时候才放鞭炮。原来这里土地确权工作刚刚完成，农民放鞭炮庆祝这件事，因此，满地都是鞭炮屑。

什么叫土地确权？简单地说，就是三权三证。农民拥有土地承包经营权，政府发给农民土地经营权证；农民拥有宅基地使用权，政府发给农民宅基地使用权证；农民拥有在宅基地上盖房子的权利，政府发给农民房产证。

土地确权完成之后，三权三证给了农民，农民就放心了，不必担心今后会发生未经本人同意就圈占土地的事件，农民的房子不能被随意拆掉，因为这些都侵犯了农民的产权。

根据嘉兴市的统计资料，在土地确权以前，城市人均收入和农村人均收入比例为3.1/1，在土地确权完成之后，这个比例变为1.9/1。由此可以看出，土地确权之后，农民的收入大大提高了。

农民的收入为何会增加呢？第一，土地确权完成之后，农民安心在农村工作，发展种植业、养殖业。第二，农民可以放心到外面打工，把土地租给别人，收地租，同时，农民在城市又找到了一份工作，因此，收入增加；第三，农民盖了新房子，租给别人，每月可以获得房租收入，所以，农民收入增加了。

我们曾在嘉兴市的平湖市一个村里看到，该村旧房子全部拆掉了，都盖上了四层楼。我问村民这么多房子能住得完吗？村民说，一层店面租给外乡人开店，二层出租，家人住在三楼和四楼。

土地确权还有一个意想不到的收获，就是在确权之前，先进行土地丈量，丈量完毕后发现土地面积增加了20%。为什么会增加20%呢？

一是，30多年前，农村进行土地承包经营，那时候农村的土地质量有好有坏，在丈量土地进行承包的时候，好地一亩抵一亩，坏地两亩抵一亩。30多年过去了，经过农民的精耕细作，土地质量都提高了，因此，在这次确权丈量土地时，都是一亩算一亩，不再折算了，于是乎，土地就多了。

二是，在刚开始承包的时候，农民用牛耕地，土地都是一小块一小块的，有很多田埂。当时，计算土地面积时，要把田埂扣除，连田埂两侧遮住阳光的面积也要扣掉。现在农民用上了拖拉机、插秧机等，小块地不方便使用机器，田埂被逐步刨掉了。所以，这次丈量时耕地就多了。

三是，2006年以前中国还征收农业税，有多少地征多少税，农民在上报自己家土地的时候就尽量少报一些。比如，一亩三分地报一亩地，因为多报地要多交税。几乎家家如此。现在不同了，农业税取消了，加上土地刚丈量完，农民均如实上报，谁都不愿意少报。因为少报土地面积的话，在出租或转包土地、入股时，耕地少报就吃亏了。

上述三个原因叠加起来，土地就增加了20%。目前，中国的农业正在兴起，农村也需要劳动力。现在中国土地确权工作正在试点阶段，估计5年之内可以完成全国的土地确权，届时中国的农村将会有新的面貌，农民也将富裕起来。

为什么会闹"钱荒"

中国的货币流通量并不少,按照 M_1、M_2 来看,流通的货币量都挺大的。但是,做生意的民营企业到处借不到钱,闹钱荒。

为什么会发生钱荒呢?有两个原因:一方面,中国正处在双重转型阶段。什么是双重转型呢?一是发展转型,即从农业社会到工业社会,二是体制转型,从计划经济转到市场经济。在这两个转型过程中,特别是农村,对货币需求量大增。现在农民自己经营土地甚至开办小工厂,需要大量资金。同时,中国的货币需求量是很大的,不是光靠经济增长率、人口增长率就能够计算出合理的货币需求量。通常,实际货币需求量比计算出来的货币需求量要大一些。

另一方面,钱荒的根源是由大量的国家投资以及贷款不配套造成的。作为信贷的主体,银行将大部分贷款给了国有企业,民营企业尤其是小微企业,很少能获得贷款。贷不到款,民营企业会慌,因为如果手上没有现金,万一有好的投资机会,就丢失了。还有,如果资金链断掉,到哪儿去借钱呢?连企业的日常运行都会感到困难。

此前我们去广东调研,发现那里的很多企业主普遍有"超正常的货币储备"。用当地企业家的话来说,叫"现金为王"。有现金就什么都不怕了,所以,几乎家家企业都有"超正常的货币储备",货币流通量根本不够。这从 M_1、M_2 的数字上是看不出来的。

金融改革的目标是什么

中国当前的金融改革主要有三个目标,分别是宏观目标、微观目标,还有结构性目标。

从宏观的角度来谈,中国的金融业、银行业应该走向市场化。利率市场化是很重要的,不过,利率市场化不等于对利率的自由放任。因为,自由放任对经济是有害的。所以,宏观上来讲,利率的市场化,也就是中共十八届三中全会所讲的,让市场在资源配置中起决定性作用。

微观目标就是银行作为金融机构和微观单位,应该既有经济效益又有社会效益，两个效益并重，这是微观目标。因为在中国的环境中，银行除应有经济效益外，还要有社会效益。

从结构性的目标来看，金融改革应该把重点从虚拟经济转到实体经济中来。毕竟，实体经济是最重要的。中国的产品要打入世界，必须有一个自主创新的过程，要帮助实体经济完成产业和技术升级。

其次，在结构方面，大中小银行分别以大中小企业作为服务对象，大银行对应大企业，中等银行对应中型企业，小银行对应小企业，但是，所有的大中银行都应该为最底层的小微企业提供贷款服务，这是支持"草根金融"。

总之，金融改革的三个目标中，宏观目标，要实现利率市场化；微观目标，是银行经济效益和社会效益两个效益并重；结构目标，要走向实体经济。

此外，还应该大力发展政策性银行。政策性银行目前还比较弱小。比如支持教育产业发展，可以成立一家教育银行，这就是使政策性银行为教育事业的发展提供金融服务。又如，开发西部地区，有很多工作可由政策性银行来做，因此，政策性银行应该进一步扩大。

李稻葵

　　清华大学经济管理学院中国与世界经济研究中心主任。原央行货币政策委员会委员。

　　综合来看，中国经济的新常态远不只是经济减速，它将有四个方面的重要表现：新旧增长点的拉锯式交替、渐进式的经济结构调整、改革的艰难推进、国际经济领域中中国要素的提升。

经济新常态不是经济减速

许多分析家认为，中国经济新常态的基本点就是增长速度的逐步下降，以及债务水平的逐步调整。李稻葵认为，中国经济的新常态，将有四个方面的重要表现：新旧增长点的拉锯式交替、渐进式的经济结构调整、改革的艰难推进、国际经济领域中中国要素的提升。

新常态不应过多关注宏观经济表现

新京报：2014年5月，国家主席习近平在河南考察时首次提出"新常态"，要从当前我国经济发展的阶段性特征出发，适应新常态。在7月29日的党外人士座谈会上，习近平再次提出要适应"新常态"。在你看来，新常态是一种什么状态？

李稻葵：新常态是本轮金融危机爆发以后，近年来国际上描述发达国家经济与金融状况的一个常用说法。"新常态"一词，最早由美国太平洋基金管理公司总裁埃里安提出，是对2008-2009年发生"大衰退"之后世界经济政治状态的一种描述和预测，普遍形容为危机之后经济恢复的缓慢而痛苦的过程。

该说法在最近两年的冬季达沃斯世界经济论坛上频繁出现。中国经济从2013年开始进入到一个增长速度下降的发展阶段。在经济增长速度放缓的表象背后，其本质是社会经济制度的转型。

新京报：中国的经济新常态表现在哪些方面？

李稻葵：许多分析家认为，中国经济新常态的基本点就是增长速度的逐步下降，以及债务水平的逐步调整。在我看来，这些分析不一定全面，其原因在于，这些分析过多地关注宏观经济的表现，而我们需要更加深入地分析中国经济新常态的一些内涵。综合来看，中国经济的新常态远不是经济减速，它将有四个方面的重要表现：新旧增长点的拉锯式交替、渐进式的经济结构调整、改革的艰难推进、国际经济领域中中国要素的提升。

新京报：这与西方发达国家以及除了中国以外的新兴市场经济国家的新常态有何不同？

李稻葵：国际金融危机爆发6年之后，对于英国、美国等发达国家来说，新常态意味着经济总体增长速度比危机之前略有下降。但最重要的是，这些国家在危机后的增长主要来自于金融、房地产、高科技、高端服务业等领域，因此其所面临的最大挑战，是如何协调经济发展与经济恢复过程中的社会矛盾。尤其突出的问题是，全球化的大格局导致发达国家一大批低技能人群丧失了经济竞争力。

对于中国之外新兴市场国家来说，在2008年金融危机初期所受到的影响相对有限，而从2009年开始，当发达国家大规模推行量化宽松及其他宽松的货币政策之后，大量资本涌入新兴市场国家，再加上中国经济迅速恢复所带来的对大宗商品需求的上涨，新兴市场国家的经济出现了一轮兴旺、蓬勃发展的可喜格局。

不幸的是，这一轮发展的基础并不牢固，因为不少国家的市场机制并不牢固，宏观管理并不够稳健，所以从2013年初开始，当美联储宣布将逐步退出量化宽松政策的时候，新兴市场国家遭到了新一轮撤资的冲击。

可以预计，在受到发达国家货币政策调整的影响之下，这些国家的新常态将是经济整体增长速度的低迷，而这个低迷的过程，又会刺激一部分新兴市场国家不得不推行一些面向市场化的经济体制改革。

经济:"新"在哪里,"常"在何处

居民消费是经济新增长点之一

新京报:你刚才说中国经济新常态的第一个特点是:新旧增长点的拉锯式交替。如何理解?

李稻葵:这将是中国经济新常态最明显、最突出的一个特点。

中国旧的增长点有两个,一是出口,二是房地产,它们将会逐步地、有一定反复地退出。其中,出口的增长将直接受到国际经济波动的影响而出现各种波动和反复。总体上讲,因为中国经济的体量在不断增长,而世界市场将难以支撑中国出口的持续增长,所以,出口以及贸易顺差占中国GDP的比重将不断下降。但这个过程不是线性的,而是波动的。

新京报:那中国经济新的增长点是什么?

李稻葵:中国经济的新增长点有三个。第一是长期性的、公共消费型的基础建设投资。这些投资包括高铁、地铁、城市公共设施建设、空气和水污染的治理等。第二是各种生产能力的转型和升级,包括高污染、高能耗的产能的升级。第三是居民消费,中国的居民消费占GDP的比重已经是每年上升0.7%,目前已经升至47%左右。

新京报:新旧增长点如何作用于中国经济?

李稻葵:问题的关键是,旧增长点的退出是波动性的,新增长点的发力也不是平稳的,因此,未来三五年的经济增长速度将会出现波动。这种波动与中国传统的宏观经济波动不同,传统的宏观经济波动更多来自于总需求的波动。而在中国经济的新常态下,宏观经济波动的本质是新老增长点的交替。这种交替将不断导致增长的内在动力不足。

渐进式经济结构调整已出现

新京报:你说中国新常态的第二个特征是:渐进式的经济结构调整。如何理解这一特征?

李稻葵：中国经济新常态的第二个表现事实上已经出现,那就是潜在的、渐进式的,并没有完全被观察者所识别的结构调整。这种结构的调整具体体现在以下几个方面:劳动工资率的持续上涨以及剩余劳动力的减少、新型城镇化下除特大型城市外的户籍已经基本放开,居民消费的比重、服务业的比重均不断上涨等。

新京报：劳动工资率的持续上涨以及剩余劳动力的减少,将对中国经济带来什么样的影响？

李稻葵：劳动工资率的持续上涨,尤其是蓝领工人的工资上涨,其背后的原因是剩余劳动力的减少殆尽。与蓝领工人工资以两位数上涨、明显超过名义GDP增长速度形成对比的是,总体上资本的收益率在下降。

就算按照目前的水平,蓝领工人劳动工资上涨已经带来了资本取代劳动力的趋势,各行各业都在想方设法提高资本对劳动力的比重。伴随资本取代劳动力,资本积累将会加速。

新京报：如何分析居民消费的比重、服务业的比重均不断上涨对中国经济带来的影响呢？

李稻葵：这个结构调整也已经开始,那就是居民消费的比重、服务业的比重均不断上涨。而且,服务业不只是生产性服务业,也包括物流、配送、电商、金融服务等消费性服务业。劳动就业的主要流向也在服务业。

改革阻力恐怕前所未有

新京报：为什么说中国经济的新常态第三个特征是"改革的艰难推进"？

李稻葵：本轮改革的决心和目标以及覆盖面可以说是前所未有,与此同时也必须看到,改革的阻力恐怕也前所未有。与前几轮改革相比,当前改革的重要特点是改革动力的缺位。

新京报：为什么改革动力会缺位？原因是什么？

李稻葵：改革的动力应该来自于两个方面,一个是上层推动改革的能量,另一个是基层的力量。目前这种自上而下的动力现在非常充足，中央特别成立了全面深化体制改革领导小组。但问题是，本轮改革中，基层政府与国有企业显得比较被动，整体上缺少创造力、能量不足。

原因是多方面的，其中一个比较重要的方面是一些官员激励不足，胆小怕事，不愿冒头，担心改革引发矛盾，从而导致对自身历史问题的调查和追究。

新京报：目前自上而下的改革有哪些？目前进展如何？

李稻葵：目前，经济领域最引人注目的三大改革是，金融体制改革、财政体制改革和国有企业改革。

金融体制改革是自上而下推进的，所以进展相对顺利，利率市场化未来两到三年内有可能基本完成，民间资本创办的银行已经开始布局，资本账户的开放也已提上议事日程。

财政体制改革目前处在规划之中，重点是完善税收体制、划分中央与地方的财政关系。这种自上而下的改革，也许在不久的将来可以得到推进。

国有企业改革目前是处于相对停滞状态的。国企改革的根本在于进一步的市场化，在于把国企与政府进一步地分离，在于国企要进一步地资本化运营，但是这些方面的探索目前远远不足。总之，艰难的改革将是中国经济的新常态。

（文／金彧）

黄益平

北京大学国家发展研究院教授、副院长,中国金融40人论坛和中国经济50人论坛成员。

(图/侯少卿)

想要依靠宏观政策来解决结构性问题其实是比较困难的,但是我也赞成在采取宏观经济政策的时候考虑一些结构性因素。

资本账户可以逐步开放,但放开既有好处也有坏处。好处是你可以提高资本利用效率,坏处就是会带来新的不稳定。

政府应把自己看成一个普通的国企出资人,而不是国企上级或主管单位,其角色应当从以前的管人管事管企业转变成管资本。

反腐可提升经济效率

2014年第三季度，中国GDP增速同比增长7.3%，降至5年来最低水平。民生证券研究院执行院长管清友说中国经济暂别最坏时刻，但商务部副部长魏建国随后公开表示，中国经济最困难的时候还没到。

对于有观点称，经济下滑有反腐的贡献。黄益平认为，反腐对经济活动的影响和对经济增长的影响是两个问题。反腐是改善效率、提高质量，以及改善政府运行效率的一个很重要的手段。

增长目标定在7.5%仍然偏高

新京报：中国经济第三季度的增速降至5年来最低水平，房地产下滑、PPI涨幅连降31个月。对中国目前的经济形势，你是怎么判断的？

黄益平：我对2014年经济总体趋势的看法是，政府一直在以微刺激或者定向宽松来保7.5%的增长。但是，政府每一次微刺激的手段放松一点，增长速度就往下走，这可能意味着经济自我稳定的速度在现在的增长目标以下。下一步会怎么样，我觉得主要还是看政策。

新京报：你认为现在的"稳增长"对刺激政策有很大的依赖，如果没有"微刺激"中国的经济会更差？

黄益平：我并不反对微刺激，任何政府都会采取一些宏观经济的手段来稳增长。但问题是，政府要花多大的力气？所谓的"稳增长"，就是在增长速度比较快的时候往下压一压，增长速度比较慢的时候往上抬一抬。但现在的趋势看起来是政府一直在往上抬。如果抬一两个季度经济稳定了，那就很好，但是如果准备抬一年两年，一直抬下去，那就说明目标可能定得偏高了。

新京报：你认为定多高合适？

黄益平：我不用增长潜力这个词，用趋势增长水平这个词，就是政府什么也不干看经济可能是个什么样的增长速度。我觉得肯定是在7.5%以下。

新京报：有人说现在中国政府微刺激变成中刺激了，你怎么看？

黄益平：一方面来看，政府现在跟4万亿的政策比已有巨大进步。首先，政府已经试图接受相对偏低的增长，原来政府觉得"保8"一定是要保的，但现在已经能接受7.5%，经济增长速度的目标已经下移。第二，采取的政策措施也比以前谨慎多了。以前是举国保增长，而现在的微刺激、定向宽松或精准滴灌，都是有限度、有选择性地支持，但另一方面，现在不确定的是政府下一步要做什么？因此，可能就会有人担心微刺激做多了就变成了强刺激。过去政府都在一直表明微刺激不会变成强刺激。我觉得如果是这样的话也很好。但以后是不是会定力不够，采取更多的措施，这种风险是存在的。

新京报：定力不够是什么？

黄益平：就是增长速度下降到7.3%、7.2%、7.1%，就扛不住了，然后再来一轮大的刺激。这种可能性有没有，我觉得肯定是有的。但现在不能说一定怎么样。我的理解就是说政府现在蛮担心的。

新京报：有许多学者说6%-7%其实是可以的，从长远来看也会取得一个很好的成绩，为什么政府一定要7%到7.5%？

黄益平：通常说的是三点：第一，会不会导致比较多的失业，如果有失业社会就不稳定，政府不愿意接受；第二，现在的金融风险已经很多，如果增长速度进一步下滑，会不会出现更明显的金融问题，局部的或者系统性的；第三，担心投资者信心下降，增长速度下滑，不管是在资本市场，还是在实体经济，如果他们不投资了，说不定经济就会出现更大的滑坡。

反腐只影响短期经济增长

新京报：近期央行推出了一系列新的定向宽松措施，用总量货币政策来调结构，对此你似乎有不同看法？

黄益平：货币政策和财政政策从根本上来说都是宏观政策。想要依靠宏观政策来解决结构性问题，其实是比较困难的，但是我也赞成在采取宏观经济政策的时候考虑一些结构性因素。比如说，现在经济发展中存在的一些瓶颈，像能源供给、地方基础设施建设、社保比较落后等，在采取财政扩张的时候适当考虑一些结构性的问题是比较合理的，但不能主要依靠宏观政策，这个次序不要打乱。另外，即便在宏观政策当中能够考虑一些结构性的因素，财政政策的准确性也比货币政策高很多。

新京报：为什么？

黄益平：因为货币政策是通过商业银行和金融机构流动的，而不是由政府直接实施。如果要依靠货币来支持本来钱流不到的地方，除非给予特殊补贴。比如现在经常说要增加流动性，让银行给中小企业、三农企业提供贷款，那就应该先搞明白，银行为什么不愿意贷给这些企业？无非就是风险比较大，回报比较低。如果中央银行给这些企业提供贷款担保就不用考虑风险问题，如果政府给银行3个点的补贴，就能填平回报低问题。但如果这样做的话，就变成财政政策了。而且银行要做精准滴灌也比较困难。第一，很难选，会变成一个主观判断的问题；第二，钱下去了，企业能不能用到也很难说。

新京报：有人认为2014年经济增速下滑，有大力反腐的贡献。现在看2015年政府反腐工作会继续，是否会继续影响经济增速？

黄益平：这里有两个问题。第一，反腐肯定影响短期经济增长，但对提高经济质量、提高经济效率是好的。至于增速下滑会不会引起担心，我觉得要考虑的不是反腐的问题，而是减速多少就会出现系统性的问题。

第二，反腐对经济活动的影响和对经济增长的影响是两个问题。2014年已经在反腐了，2015年可能还要反腐。简单来说，如果2014年的反腐影响了100元的GDP，2015年的反腐如果还是影响了100元的GDP，那就对增长就没影响。除非2015年力度加大，影响了200块钱，这个影响就大了。这个问题我觉得从经济稳定的角度来说是要考虑的，但不是根本性的。反腐是改善效率、提高质量，以及改善政府运行效率的一个很重要的手段。

新京报：你曾经说即使中国经济增长速度保持在6%，2020年GDP也会成为全球第一，判断依据是什么？

黄益平：我觉得中国经济增长潜力比较明显。只要不出现大的系统性问题，只要最后能稳住，中国的增长速度都会超过美国的增长速度，要赶上美国只是时间问题。我甚至都不担心会出现局部性的像金融危机这类问题。不过，即便赶上了，中国的人均收入还只是美国的四分之一，中国的发展水平其实和它们还是有很大的差距。

新京报：你说不担心短期之内会发生金融危机，是不担心发生了以后对经济的影响，还是不担心这个事情会发生？

黄益平：我说不担心，是因为我认为现在政府其实是能够消化这些不稳定的问题，包括银行坏账、地方融资问题、国有企业、信托产品等等。万一它们出了问题，政府是兜得住的。因为公共债务占GDP的比重大概就15%。我们国家现在金融风险的问题更多的是流量的问题，不是存量的问题。存量的问题，它是有能力去消化的，但是如果流量没有停止，以后这个压力会更大。

资本账户开放应有先后次序

新京报：十八届三中全会确立的300多项改革中，你最关注哪一项？你认为哪几项在2015年亟待突破？

黄益平：在所有的改革中我最关注金融改革，一是跟我的研究兴趣有关，二是我认为下一步市场化改革的关键在于要素市场的开放，因为过去三十几年改革的一个基本策略，就是产品市场全面放开，要素市场持续扭曲。而在所有要素市场扭曲中，金融市场的扭曲最为普遍，也最为严重。三是因为既然要走向市场化经济，一个有效的金融体系是必不可少的。2015年还需要突破的领域很多，最看不清楚但也至关重要的有国企改革与土地改革。金融改革的大方向很清楚，但什么时候改、怎么改、改到什么程度，似乎并没有形成共识，这些也还有待突破。

新京报：你观察这一两年，哪些改革是做得比较好的？

黄益平：力度最大、最直截了当的就是减少行政审批。这项工作从李总理上任后就开始在做，动作也非常快。此外，财税改革动作也比较快，尽管有争议，但方案出来后就很快推下去了。像户口制度、计划生育，政策的调整和松动也比较明显，我觉得（2014年）应该说有比较大的进展。

新京报：你一直认为金融改革是此轮深化改革的核心，那么金融改革进展如何？

黄益平：金融改革争议比较大。大家都觉得要进行金融改革，央行的方向也比较明确，但到目前为止，进展比较慢。可能是因为现在经济下行，政府对金融改革持比较谨慎的态度。怎么改、改多少、怎么协调，没有形成共识。

新京报：关于资本账户开放，你觉得是到了一个可以开放的节点了吗？

黄益平：可以逐步开放。但这里有两个问题：第一是先后次序的问题，利率还没市场化，地方融资平台问题那么大，如果放开，（企业）不向国内借，都跑到国外借，那怎么办？第二，还需要有一些条件，比如监管能不能跟得上，以后会有许多其他的风险出来。简单来说，放开有好处也有坏处。好处是你可以提高资本利用效率，坏处就是会带来新的不稳定。新的不稳定如果处置不好，就是新的金融危机。

新京报：有学者担心央行将资本账户开放了，但中国的经济增速达不到一个很好的水平，投资者信心会下降，资本外流，最后形成金融危机。你怎么看？

黄益平：直接投资可以放开，因为它本身就是一种长期投资，不是短期的投机性的投资。但是要谨慎开放不意味着全部放开，不管制了，在很多领域还是可以管制的，证券市场投资、金融创新产品投资，包括银行跨境信贷流动，都可以有所管制。在经济不稳定的时候，适当地放慢开放的步伐，我觉得是合理的。即便到真正完全放开之后，我觉得，对短期资本流动也是要有一些限制的。

国企改革重在管资本和去行政化

新京报：你之前说过中国深化改革的核心是金融改革，前提是国企改革。国企改革为什么这么重要？

黄益平：如果国企做不好，软预算约束不改变的话，会影响资源配置的效率，会影响金融风险，但是从另外一方面来说，它可能也是一个内生的。如果它一直做不好的话，那么政府潜在的财务负担会不断上涨。毕竟对一个国家来说，最终还是要看政府本身负债是多少。

新京报：按照你的观点，国企到底应该怎么改？

黄益平：政府首先应把自己看成一个普通的出资人，而不是上级或主管单位。从以前的管人管事管企业转变成管资本。我倒不是很介意政府在一些企业做大股东，但政府要把自己只当成大股东对待，大股东的影响的确要大一些，但要把目标搞清楚，大股东是出资人，最应该关心的是资产的回报和企业的发展，而不是官员的想法或政府意向，这是根本区别。我觉得最终落实到企业层面，是两个事情，一个是管资本，第二个就是去行政化。

新京报：现在政府的很多政策其实是考虑到民众意见，按照你的观点，政府不需要再考虑舆论了吗？

黄益平：有一些企业政府完全放开当然是不行的，像水电、公共交通这些项目可以采用PPP模式。即政府与私人组织之间，以特许权协议为基础，彼此之间形成一种伙伴式的合作关系，并通过签署合同来明确双方的权利和义务。具体做法就是政府限定价格，公交车不能随便乱涨价，政府给予一定补贴。但我们过去的做法就是直接让政府的企业来负责运作，把补贴变成无底洞。你不知道它到底需要多少是够的，因为这里面有很多的不确定性。

(文/林其玲、向倩芸)

潘刚

1970年出生于内蒙古自治区锡林郭勒盟，是中国最大乳企伊利集团的董事长兼总裁，被称为中国"液态奶第一人"。

我认为，在相当一段时间内，中国乳业会出现三个发展特征。第一，乳业消费将继续呈现不断增长的常态；第二，创新驱动发展将是中国乳业的新常态；第三，国际化也将是中国乳业的新常态。

国际化是中国乳企新常态

在潘刚看来,中国经济的新常态将带来中国乳业的新常态,即增长、创新和国际化。乳业消费将继续不断增长。他表示,中国乳业的未来发展,必然要更多参与到全球的竞争中,国际化将成为中国乳企的发展方向。

制度创新释放新红利

新京报:你如何看待当前中国的宏观经济形势?

潘 刚:我们看到,在新常态下,一方面经济增速开始适度放缓,但仍然处于稳定区间,长期增长趋势不变;另一方面,我们更应该看到深化改革促使经济结构得到了改善,制度创新释放出经济增长的一些新红利。

新京报:在经济新常态下,你认为增长动力是如何转变的?

潘 刚:原来的增长动力是投资大于消费,而2014年上半年最终消费对GDP增长贡献率达54.4%,投资为48.5%,消费的贡献率首次超过了投资。同时,前三季度,中国单位GDP能耗同比下降4.6%,这说明中国经济由过去过度依赖于资源消耗的粗放式的发展方向,开始向集约型的发展方向转变。

对于这样的数字变化,我认可这样的观点:这不是景气循环周期的下行区间,而是经济增长阶段的根本性转换。也就是说,中国经济增速迎来换挡期,从高速增长期向中高速平稳增长期过渡。这种变化更深刻的原因,就是经济结构再平衡、增长动力实现再转变。

乳业消费将不断增长

新京报：在这种经济环境下，乳业会呈现怎样的发展趋势？

潘　刚：作为中国经济的组成部分，中国乳业也必然跟随宏观经济进入新常态，这其中，既有中国经济新常态的因果呈现，又有自身的行业特性体现。

我认为，在相当一段时间内，中国乳业会出现三个发展特征。第一，乳业消费将继续呈现不断增长的常态；第二，创新驱动发展将是中国乳业的新常态；第三，国际化也将是中国乳业的新常态。

新京报：你判断中国乳业消费会不断增长的理由和依据是什么？

潘　刚：中国经济新常态的一大特征是"优结构"，"优结构"主要体现在四个方面：产业结构上，第三产业逐步成为产业主体；需求结构上，消费需求逐步成为需求主体；城乡区域结构上，城乡区域差距将逐步缩小；收入分配结构，居民收入占比上升。对中国乳业来说，仅这四个方面就可以为我们释放大量的消费需求和市场空间，这恰恰也是中国经济新常态带来的乳业行业利好。

目前，中国乳制品市场已经是全球第二大乳品消费市场，全球知名市场研究公司欧睿预计，到2017年中国将取代美国成为全球最大的乳品市场。我觉得，这一预测也是对中国乳业新常态持续增长特征的一个表达。

国际化是乳企发展方向

新京报：未来国际化是大型乳企的战略方向吗？

潘　刚：亚洲乳业、中国乳业正在全球乳业格局中不断崛起。中国乳业的未来发展，必然要更多参与到全球的竞争中，也必然能在全球的乳业格局中发挥更大的作用，国际化也将是很多中国乳企的发展方向。

如今，中国已经成为世界经济增长的原动力，跨国公司对中国市场给予越来越多的重视。跨国公司的优势在于全球资源的整合，以及雄厚的研发力量。在资源和创新都全球化的今天，我们也只能直面挑战，让自己成为本土的国际化公司。通过诸如在西方发达国家建立研发中心和开设生产基地，利用当地的技术和资源，反哺本土的市场需求。

国际化是伊利未来重要的发展方向，我们的理念是用全球的优质资源更好地服务中国消费者。

新京报：伊利在国际化方面已经有哪些动作？

潘　刚：2014年3月，我们与荷兰瓦赫宁根大学签约共建食品安全保障体系，这是中荷两国合作的首个体系化食品安全项目。

近年来，类似荷兰合作这样的国际化项目还有很多，比如在新西兰新建年产4.7万吨婴儿配方奶粉项目、与美国最大牛奶公司DFA达成战略伙伴关系等。伊利已逐渐铺开在大洋洲、美洲和欧洲三大"乳业传统势力区域"的布局。

面对全球日益复杂的食品安全环境，我们只有利用全球能量，坚持不断创新，才能在全球乳业版图中发挥更大的影响，才能满足中国消费者不断提升的消费需求。

新京报：目前，互联网行业正快速发展，你如何看待传统企业与互联网的结合？

潘　刚：现在大家都在谈互联网思维，这到底是个什么思维？目前说法很多，有人说有巨大价值，也有人说是忽悠。我个人认为，传统企业定然不能对互联网无感，但也不要过分敏感，不能排斥互联网思维，但也不能固化互联网思维。

从逻辑上讲，任何思维都是要基于思维主体的成长环境和发展历程的。传统企业和互联网企业的成长路径和发展历程是有极大不同的，贸然将互联网形成的一些方法论，发展为各行各业都去采用的定律，这是有悖逻辑的。所以我在企业内部提倡，更多去感观互联网，形成互联网观感。只要经过系列感观后，并和自身行业、企业的特点结合起来，就自然会形成更加合乎实际的经营思维和决策。

（文／李蕾）

刘永行

东方希望集团董事长。2014年,以397.8亿元财富位居福布斯中国富豪榜第11位。

(图/CFP)

民营企业可以通过自己的努力,在最困难的行业里创造最高的生产效率。严重的产能过剩,将促进市场自身的优化,淘汰差的企业,留下好的企业。

放开竞争 苦难行业也能淘金

在最困难的行业里创造最高的生产效率

新京报：目前铝行业产能过剩严重，市场不景气，价格下跌，东方希望业绩是否受到影响？

刘永行：在全行业最不景气的时候，我们集团依然获得了非常好的效益。面对行业困境，谁做得更环保，生产效率更高，更省土地，谁就更有机会。我们在河南的氧化铝厂，土地和人力只有同等规模工厂的十分之一，却创造了世界一流的劳动效率。目前东方希望集团人均产能550吨，年底人均产能将达到600吨，而世界平均水平只有230-250吨左右。民营企业可以通过自己的努力，在最困难的行业里创造最高的生产效率。严重的产能过剩，将促进市场自身的优化，淘汰差的企业，留下好的企业。

新京报：你对铝行业的前景有怎样的预期？何时会回暖？

刘永行：我们专注于自己做的事情，不会寄希望于市场回暖，价格回升、大家都好时有什么挑战？关键要看退潮的时候，谁在裸泳。我们在退潮的时候，衣服都穿得很好。铝是目前全国最困难行业，但我们能做到最好。提高效率，降低电耗，做自己能做的事情。对目前的市场价格，我非常满意。我曾向总理建议，创造更公平的环境，放开自由竞争，让市场优胜劣汰，让靠补贴生存的企业被淘汰，让最好的企业，最合适的资源配置，做最好最快最省的事。

银行业、房地产太容易,没兴趣

新京报: 7月14日李克强总理主持的经济工作会议上,你还特别提出要促进银行竞争,建议放宽准入,允许民营资本进入银行业,当时是出于怎样的考虑提出这样的建议?你提到目前集团具备很充裕的资本实力和现金流,这是否意味着有意涉足银行业?

刘永行: 在总理座谈会上,我提出允许民营资本进入银行业的建议,确实是为了我们民营企业的发展。银行贷款利率太高,银行业形成垄断,竞争不够,导致企业贷款难。特别是铝行业,90%的企业都很困难,一些小企业和经营困难的企业贷不到钱。我们希望能促进银行间的竞争,改变当前不健康的银行业现状,提高效率。但是银行业赚钱太容易、太简单,没有挑战性,我们并没有兴趣进入银行业。

新京报: 之前东方希望集团曾涉足房地产,在成都投入建设东方希望天祥广场项目,未来集团在房地产领域是否有所规划?

刘永行: 在成都的房地产项目对我们来说只是小试牛刀。这个项目是我儿子在做,我基本上不干预,主要是让他去比较容易做的领域练练身手。这个不是我们的专业领域,它可以帮助你赚钱、帮助你发展,但是没有挑战性,而且不可持续,再过10年房地产发展的空间会越来越小。而且地产商成天在媒体上曝光,也不符合我的性格。我认为这个(房地产)是小儿科,我们证明了我们能做,而且做得很好,验证了我们的想法,就够了。

农业也可以是超高毛利行业

新京报: 作为民营企业,在发展中遇到的最大困难与挑战是什么?

刘永行: 最大的困难是相对于国营企业的机会不平等,资源占有不平等。当然,这些不平等正在逐步地改善。我们认为它是一种困难也是一种挑战,但我们不寄希望它改善了才去做,我们立足于承认现有的困难和挑战,发挥自身的优势,用这些优势去战胜困难和挑战，抵消劣势，也能健康发展。

新京报：你说过，公司不做老大，只做老二。

刘永行：不是不做老大，而是因为我们是后来者，如果我们要做老大，就会采取盲目的措施，就会影响企业的健康发展。而且前面有老大，我们就有机会更好地学习，我们就有追赶的目标。

新京报：作为传统行业，农业和重化工业未来的发展前景怎么样？

刘永行：中国的农业受到土地的限制，比如说，目前我国玉米的价格是美国国内市场的近3倍，是越南的1.5倍。因为美国、加拿大、澳大利亚土地多，一家人种几十万亩农田，而中国一家人种几亩农田，所以，农业必须要走集约化、规模化的道路，才能适度改善。不然，就逐步变成西方大农业的市场。但也有一个好处，只要有足够土地，进行规模化、集约化生产，农业也可以是超高毛利行业。

中国用10多年时间，就完成了工业化的进程，重化工产能占世界约50%。接下来，总量不会再高速增长，甚至可能会下滑。重化工产业面临着产业优化、整合和转型、转移过程，我们就是要创造条件在这个过程中发展壮大。

(文／王叔坤)

辜胜阻

全国人大常务委员会委员、财经委副主任委员,民建中央副主席,经济学家。长期跟踪调研民营经济。

(图/李冬)

当前我国正面临着制造业去产能化、金融去杠杆化、楼市去泡沫化、环境去污染化"四大阵痛",房地产投资、民间投资、基础设施建设投资拉动经济的传统"三大引擎"同时减速,导致我国宏观经济形势呈现"两面性"特点。

中国第四次创业浪潮正在形成

辜胜阻认为,简政放权、金融改革等改革红利逐渐呈现,新一轮创业浪潮正在形成,民营经济迎来了重要的发展机遇。

中国经济正面临四大阵痛

新京报:近期出台的宏观经济数据并不理想,很多人对此表示担忧。你对当前宏观经济怎么看?

辜胜阻:当前我国正处于经济增长速度的换挡期、经济结构调整的阵痛期和前期刺激政策的消化期"三期叠加"时期,正面临着制造业去产能化、金融去杠杆化、楼市去泡沫化、环境去污染化"四大阵痛",房地产投资、民间投资、基础设施建设投资拉动经济的传统"三大引擎"同时减速,导致我国宏观经济形势呈现"两面性"特点,一方面呈现出"缓中趋稳"的积极发展态势,另一方面仍然面临较大的下行压力。

新京报:你怎么理解"新常态"的?新在哪儿?

辜胜阻:我认为"新常态"应该至少有三个标志。

一是经济增长的速度变化,由高速增长转为中高速增长。2014年一至三季度GDP平均增长7.4%,而三季度是7.3%,经济增长速度进入7时代,相较于过去长期保持两位数的增长而言,速度放缓,宏观经济运行进入中高速增长阶段,这一变速是可接受的。

二是经济增长的动力变化,经济增长过度依赖土地红利、人口红利、牺牲环境和消耗资源的老路已经不可持续。当前,中国经济转型的关键是要实现增长动力的转换:从"要素驱动"、"投资驱动"转向通过技术进步来提高劳动生产率的"创新驱动",从过度依赖"人口红利"和"土地红利"转向靠深化改革来形成"制度红利",促进经济内生增长。

三是产业结构的变化,由以工业为主导转为以服务业为主导。过去,我国工业增长速度长期以来快于GDP的增长速度,工业占GDP比重持续高于服务业的比重。现在我国产业结构正在发生变化,2013年服务业所占比重已经超过工业。

简政放权推动创业潮

新京报:虽然宏观形势不乐观,但2014年的就业形势比较好,1至9月份城镇新增就业超过1000万人,提前完成目标任务。经济增速放缓为何就业会出现惊喜?

辜胜阻:现在我国正面临就业结构性矛盾,一方面是农民工严重的用工荒,从季节性向常态化发展,在地域上也呈现普遍化现象。另一方面是大学生就业难。这样一种就业结构性矛盾越来越严重,但是2014年前三季度的就业数据呈现较好态势。

有一种解释认为,因为创业可以对冲正在进行的产业结构调整带来的失业影响。

当前,政府大刀阔斧地简政放权,减少创业的障碍,推动了新一轮创业浪潮,大量的创业带动了更大规模的就业。

2014年以来,企业的数量井喷式地增长,简政放权已经释放出改革的红利。2014年注册民营企业增长是60%,2013年是30%,这是前所未有的数字。上海一个调查显示,青年人创业热情增长25%。这是一个很好的现象。

同时服务业和新兴产业的发展,更多的消费热点和新的增长点，像物流、信息消费、旅游服务、养老服务等正在培育，能够有效对冲传统制造业用工的减少，对带动就业也可以起到积极作用。

新京报：现在我身边也有很多朋友去创业，仿佛出现了一波创业潮。

辜胜阻：是的，中国正在经历改革开放以来的第四次创业浪潮。

第一次是以城市边缘人群和农民创办乡镇企业为特征的"草根创业"。第二次是以体制内的精英人群下海经商为特征的精英创业，包括科研部门的科研人员和政府部门的行政精英。第三次是加入WTO以后，伴随着互联网技术和资本市场的发展，以及大量留学人员回国创业为特征的"海归"创业。

而新一轮创业浪潮和前三次不一样，它有复合性。至少有四大主体：一是金融危机催发"海归"潮推动创业。二是精英离职引发创业浪潮，现在不仅有官员下海，也有大量的科技人员下海。有很多人离开大型的互联网公司创业，成立新的公司，形成一种"裂变"。三是返乡农民工掀起新的草根创业浪潮。四是官方大力推进大学生的创业。

新京报：为什么会形成这种创业浪潮？是不是改革的成果？

辜胜阻：新一轮创业浪潮有四大动力。

第一是简政放权推动新一轮草根创业浪潮。李克强总理表示，简政放权成为深化改革的"马前卒"和宏观调控的"当头炮"。这些有利政策减少了创业的障碍，掀起草根创业的浪潮。简政放权已经释放改革的红利，中国第四次创业浪潮正在形成。

第二是互联网技术引领新一轮的互联网创业浪潮。特别是阿里巴巴在美国上市，一个小微企业通过15年的创业，最后成为全世界最大的电商之一，这对创业浪潮的影响非常大。

第三是高新区或者叫科技园区，像中关村，作为载体，正在引领聚合创业潮。中关村有一个创业大街，我觉得这个创业大街同硅谷的沙丘路相似。中关村创业大街已经拥有诸多咖啡馆式的孵化器，有多样化的创业服务机构，成为了中国重要的科技成果转化基地和创业人才培养基地,是企业的加速器。

第四是前一段时间IPO暂停导致并购热推力,刺激了"职业创业人"崛起。推力IPO停了以后,我们的VC/PE可以通过并购完成退出,一些创新型的企业未必要通过上市来退出,也不一定能发展到上市的水平,同时一些大公司也具有并购的需求。以阿里巴巴为例,现在阿里巴巴通过并购来完善它的产业链。并且,对于部分企业而言,并购退出比IPO更快、成本更小,这些因素使得并购市场非常火爆。

民营经济遭遇6种不平等待遇

新京报:在这一轮改革中,民营经济被寄予厚望,2014年我们看到民营银行、混合所有制改革都已经破题,你觉得"玻璃门"、"弹簧门"的问题是否已经解决了?

辜胜阻:当前,民营企业投资领域的进一步放开,准入门槛进一步降低,政府对民间投资的态度也逐渐由"监管者"转变到"服务者",这是民营企业公平竞争时代的开端。民营企业逐渐进入电力、水利设施、铁路、港口、卫生、医疗,城市及农村基础设施建设等领域,打破"玻璃门"方面颇有成效。

但在现阶段,不同所有制主体在经济生活中的地位仍有一些不平等。这种不平等主要有6种表现。

一是资源占有的不平等。国企获得稀缺资源既便宜又容易,如获得土地、矿产等自然资源,获得电网、电讯等特许经营权,获得政府投资项目等等。

二是资金要素使用的不平等。国企产出大约占1/3,但是在一些年份却获得约70%银行贷款。民企与国企在资金使用上极不平等。

三是一些企业在上游产业、基础服务业形成寡头垄断,获得超额利润。一段时间以来,两家利润最好的国企利润之和超过民企500强的利润总和。

四是在竞争性行业，市场准入和行政审批"两道门槛"，也造成国企和民企的不平等。

五是在应对金融危机期间，地方政府建了很多"融资平台"，又建了很多新的国企，对民企产生"挤出效应"。

六是在财产权的法律保护方面，对不同所有制主体的保护离"同等保护"的目标要求还有距离。

新京报：新的机遇期，你建议民营企业自身应该如何调整应对？

辜胜阻：当前民营企业转型升级要6变：变新，提升创新能力；变快，提高周转效率；变优，优化组织管理；变精，聚焦精品、精细；变长，延伸产业链；变绿，创造环保价值。企业的转型要靠人的转型，要通过学习和制度创新，改变家族化的治理模式。同时，民营企业转型升级必须抓住6大市场机遇，即：人口城镇化、经济服务化、发展低碳化、产业高端化、社会信息化、经营国际化。

（文／苏曼丽、李冬）

■ 链接

新京报：2014年中国的经济形势，是否超出了你的预期？

辜胜阻：总体而言，2014年中国的经济形势呈现出缓中趋稳的态势，在我的预期之中。

新京报：十八届三中全会确立的300多项改革中，你最关注哪一项？

辜胜阻：我最关注的是城镇化改革和市场化取向的所有制改革。

新京报：你对自己所在的行业在2015年的发展有怎样的预测？

辜胜阻：从宏观经济增长态势来看，2015年中国的经济增长速度将保持在7%左右。

新京报：如何看待移动互联网的冲击？它是否冲击到了你的行业、公司或生活？

辜胜阻：移动互联网对居民生活观念、消费习惯、企业的营销模式等各方面都将产生一定冲击，面对移动互联网的冲击，做企业一定要有互联网思维，将冲击转化为发展机遇。

生活：大雾霾与小小康

一名环保官员，所在的城市因为空气质量糟糕，上了美剧和《华尔街日报》。

一位高知父亲，因为在市面上找不到适合3岁女儿戴的口罩，和怀着同样困惑的30多位父母几乎问遍了全世界。

一个现代服装设计师想要离开时尚，一位现代舞团的创始人希望世界变慢下来。他们把目光都汇聚在了传统之上，既传递了东方文化精髓，又在各自的作品中输出着与众不同的处世哲学。

侯琰霖

清华博士后,与同伴通过微博、微信建立公共健康传播平台"雾霾生存指南"。

(图/周岗峰、李飞)

某种意义上说,邢台就是中国的缩影。我们经历了几十年以GDP为导向的发展历史,只要经济能上去,环境和资源都是可以被牺牲的,这是历史现实。

生活：大雾霾与小小康

(图／周岗峰、李飞)

徐怀亮

邢台市环境保护局党组成员，副局长兼总工程师。从业30年未离环保口。

侯博士是高科技人才，他和同伴们用智慧和父爱为雾霾困扰的孩子们免受侵袭，很伟大，我内心非常敬佩。

一位父亲和一名环保官员眼中的雾霾
我们不要戴口罩 也不要只喊口号

一名环保官员，所在的城市因为空气质量糟糕，上了美剧和《华尔街日报》，连续18个月顶着全国空气质量倒数第一的帽子，好不容易在7月份的排名中不再倒数第一了，又因为一条庆祝横幅而让所有的努力成了泡影。

一位高知父亲，因为在市面上找不到适合3岁女儿戴的口罩，和怀着同样困惑的30多位父母几乎问遍了全世界。他们试验五六十款口罩，花了近100万，只是为了发明一款适合儿童佩戴的口罩。

当这两个人遇到一起……

"APEC蓝"

侯琰霖：北京这两天天气好得都不真实。

徐怀亮：邢台最近也是难得的好天气。因为APEC，包括邢台在内的河北多个城市都采取了严厉的减排措施，包括单双号限行、工厂停产、渣土车不能进城等。

侯琰霖：很多网友都把北京的蓝天笑称为"APEC蓝"，外国友人来了，一系列减排措施齐上阵，天空很神奇地就蓝了，所以大伙儿都喊着让外国友人多待些日子。但调侃归调侃，从老百姓的角度来说，既然APEC期间天空可以变蓝，那说明平常也能变蓝，就看我们要不要解决这个问题，解决问题的决心有多大。

徐怀亮：通过相应措施，污染一定程度上是能够被控制的。

侯琰霖：但APEC是暂时的，会议结束了，当一切恢复原状，老百姓盼望蓝天的方法还是只有一个：等风来。

徐怀亮：非常态的措施能缓解眼前的问题，但大气污染防治，包括更广义的环境保护，都需要建立常态有效的机制，我们国家的环境问题不是一两天形成的，解决的话也要一步步来。

侯琰霖：所以环保局长突然成了最不好干的岗位。当地人民都盯着你，衡量标准也直观：空气好不好，睁眼儿就能看到。

徐怀亮：我1985年大学毕业后我就参加工作，一直没离开环保口，工作压力确实比过去大得太多了。刚参加工作的那会儿，一说在环保局工作，周围的亲友都认为是扫马路的。但是现在空气一不好，身边就有人跟我说："你最近又有的忙了吧？"

如今大家都知道环保是怎么回事了，老百姓对环境问题的关注和期待，是督促政府工作的动力，另一方面，也从侧面证明了社会的进步：如果都吃不饱饭，谁关心空气问题？

"邢台是中国的缩影"

侯琰霖：在全民关注雾霾的背景下，邢台成了特殊的一个。2014年邢台都上了新播的美剧，被剧中人调侃"那里的空气质量恐怖极了，那里的人们肺都是黑的"。

徐怀亮：那个美剧我没看，但我女儿跟我提到过这个事儿。当时就觉得很悲催，好事不出门，怎么这事儿还到了美国了？但是邢台的现实情况就是这样，一个老工业城市，产业结构、工业布局、能源结构都不合理，而且邢台的经济也不发达，除了空气质量，人均财政收入也是全省倒数。解决雾霾问题，压力非常大。

侯琰霖：还有就是前段时间环保局门口"为我市退出全国74个城市空气质量排名倒数第一而喝彩！"的那条横幅，网上反弹很大。

徐怀亮：邢台一下子就站到了风口浪尖上。横幅的事我要澄清一下，我们局用的办公楼是租来的，附近是居民区，很多离退休老干部都在那儿住。那里正好有个篮球场，每个月局里篮球队会和老干部们组织比赛。

2013年，邢台的空气质量在全国74个城市中全年倒数第一，

2014年上半年也都是倒数第一。结果在公布7月份数据的时候，不是倒数第一了。

没有人不关心自己的家乡，谁愿意一被提起来就是个脏得不行的地方呢。所以在2014年8月份组织篮球赛时，老领导们自发地挂了那么一条横幅，这完全是没有恶意的，也不是说倒数第二了，邢台的污染就不治理了，仅仅是一种情绪的表达。

侯琰霖：在这点上，我蛮同情邢台的。上面出了这么个排名，大家凭什么嘲笑邢台呢？！谁又比谁好到哪儿去？某种意义上说，邢台就是中国的缩影。我们经历了几十年以GDP为导向的发展历史，只要经济能上去，环境和资源都是可以被牺牲的，这是历史现实。

徐怀亮：2013年年底，为了摸排清楚邢台周边企业的污染排放情况，我们做了一个统计，企业数据是2572家，这里面有大有小，大的像邢台钢铁厂，有半个多世纪的历史，小企业也有，玻璃厂、焦化厂也都建在市区周边。其实以前城市规划的时候，这些工厂也是远离市区的，但随着发展，城市越来越大，于是乎很多工厂就包含在城市中了，邢台人民几十年就是跟这些工厂一起走过来的。

侯琰霖：邢台出产的钢铁、玻璃等工业产品不只给邢台用，可以说每一个老工业城市都为国家和社会发展做出过巨大牺牲，现在到了解决环境问题的时候，这里又是问题和压力最大的地方。现在它空气不好了，大家来调侃和嘲笑，就要抛弃它，这太冷血了。

徐怀亮：理解万岁，邢台的确是中国发展模式的一个缩影，还是期待大家多些宽容和理解。

两头得罪人的环保局长

侯琰霖：长远看来，与雾霾长期相处，很可能是我们这代人甚至下一代人的宿命。

徐怀亮：任重道远。雾霾问题不是中国独有，伦敦、洛杉矶都发生过严重空气污染事件，甚至比我们现在还要严重。中国发展到这个阶段，环境问题到了必须要解决的时候。但这确实需要一个过程，污染治理、产业转型与升级，甚至是全民环保意识的整体提升，都需要过程。乐观的是，借鉴西方治污经验，今天的技术条件比过去要强，办法总比问题多。

侯琰霖：所以我给孩子研究起了口罩。

徐怀亮：了不起的父亲。

侯琰霖：是无奈的父亲。2013年10月份我搬家到了通州，就觉得空气一下子差了很多，我就在各个房间安装了空气净化装置。做科研的人都喜欢量化问题，我买来了自测PM2.5的设备，结果很沮丧，装置白买了，数据还是高得吓人。

正好当时我女儿天天咳嗽，医院不知道跑了多少次，但是怎么看孩子还是咳嗽。我就猜是不是跟空气质量有关系，于是把孩子每次咳嗽的时间、严重程度都做了记录，再跟家里测量的PM2.5数据做对比，发现真的有关系。

徐怀亮：虽然没有专业地研究，但雾霾影响最大的就是人的健康。

侯琰霖：特别是孩子，我姑娘才3岁。你连续两个月听着她每天夜里咳嗽得呼吸不上来，真是心痛得不行。我就一普通百姓、普通的父亲，空气不好我也没辙，找了很久市面上没有适合儿童的口罩，我就只能自己做了。

徐怀亮：在这个历史时期，所有的办法都要去想，所有的努力都要去尝试，政府在治理雾霾问题上责无旁贷，但也需要无数像您一样有知识有技术的人才贡献力量。

侯琰霖：诚实地说，开始做这件事到现在，我脑海里都没有太多"贡献"的概念，这是自保，为了自己的孩子，我们这些当父母的人找遍了全世界，就是为了找到最合适给儿童做口罩的材料，很多材料根本就不卖给中国大陆，我们又在日本找代理公司，在台湾生产。费那么大周章，只是想能有这么一款口罩，能够把有毒害的空气阻隔开，让孩子能平安健康地长大。

徐怀亮：食物可选，水可选，唯有空气不可选，这也是为什么大气污染防治迫在眉睫的原因。

侯琰霖：环保部门现有的人力、物力及经费能满足日常监管的需要吗？

徐怀亮：我的直观感受是，县一级的环保力量相对还很薄弱，技术、资金以及人员素质都不理想。但通常直接面对企业的就是他们，我听说有的县级的环保局长都不想干了，两头儿得罪人，一个搞不好就要被问责，压力太大。

措施永远比口号重要

侯琰霖：过去是以 GDP 为导向，没人太关注环保，现在要以环境指数为导向了，压力都集中到这一批很可能大多数人还没缓过神儿来的环保工作人员这里，本身也不够科学。现在我们一说环保局是干什么的，就是罚款和抓人，但是对于大型污染企业，它不缺钱，环保不出大问题，就是给拘留了没几天你还得放了他。震慑力不够。

徐怀亮：环保局可不是光罚款和抓人，有很多基础工作要做。2013年春节期间我回家陪父母过年，结果当时1月份空气排名出来了，我跟80多岁的父亲说不能在家过年了，连夜就赶到局里。单位的同事都一样，加班加点，开会到凌晨是常事儿。2014年七夕夜，我们监察队的小伙子们都不能休息，半夜突击检查污染企业，爬到烟囱口去测数据。这两天市里开常务会，环保问题每次也都是必须讨论的议题。

侯琰霖：所以还是传统的工作模式，为考评为数字工作，我觉得国家应该考虑环保部门的职能转型，借鉴西方国家的经验，环保机构承担的责任之一是引导教育民众如何爱护环境，比如垃圾分类、日常节能减排等基础工作。为什么垃圾分类喊了这么多年成果寥寥？还是政府重视程度不够，政绩考核里没有这一项。

徐怀亮：我认为，优化环保机构职能，补充基层环保人员力量，也是未来的一个方向。

侯琰霖：此外就是在居民发现生活环境被损害时，可以要求环保部门出具证明，然后去起诉。如果环保机构认定司法机构对污染企业的处罚不够，再采取其他惩治措施。这样一方面调动了居民关注环境的积极性，一方面减轻了环保机构的负担。但是现在个体是没有资格起诉企业的，环保局把大家都代表了，这样环保局也累，老百姓只知道抱怨环境不好、埋怨政府，但不会去想到维护自己的权益。

徐怀亮：法律法规的健全也是确保环保工作推进的重要保障。新环保法2015年起开始实施，因为涉及方方面面的问题，环保法过去25年都没有修订过。如今法律也在随着时代进步，我们一线环保人也有了更多底气。

侯琰霖：对，法律非常重要。任何事情都要依法依规，不留任何空子。但我觉得还应该有更细化的措施，2013年我在家门口看到有焚烧垃圾的，就给环保部门打电话，结果理都不理我，就应该有个法律去约束这个行为，像110一样，多少分钟内不出警我可以举报你。在我国好多这方面的细则是没有的。措施永远比口号重要，宣传再多，不来真格的，不更改发展模式和思维，一切都是空谈。

徐怀亮：干了30年环保，我也期待着一些新政策新措施。自然环境的修补和恢复需要政府和全民努力，你说的监督举报机制也是很重要的一环。

侯琰霖：有时候，我就只是盼望着，下一代不必再面对今天我们所面对的问题。

徐怀亮：我是土生土长的邢台人，有时走在大街上我会想起刚参加工作那会儿，邢台有个别称是"泉城"，那时候城里有很多水系，下了班我会跟同伴们去游泳。再小一些的时候，下面收完麦子，我躺在麦子垛上，天上的星星真的能用"璀璨"来形容。

这些景象已经太久没见过了，所以会觉得，虽然现在工作压力那么大，但每天做的事都是有意义的，我们所有努力就是为了把儿时的蓝天白云还给子孙后代。

侯琰霖：这应该成为全民共识，不只要管环保的官员这么想，管经济管项目审批的官员也这么想，忙着挣钱的企业主也这么想，蓝天白云才能不只是一句口号。

（文／卢美慧）

(图/王嘉宁)

马可

服装设计师,多次为"第一夫人"彭丽媛设计服装,品牌服装"例外"、"无用"创始人。

我的观念里,朴素才是奢侈、真诚才是奢侈,去掉外在的浮华,精神的高贵才是奢侈。

生活：大雾霾与小小康

（图／王嘉宁）

林怀民

台湾作家、舞蹈家、编舞家。1973年创办云门舞集，迄今41年，排演舞剧超150部，在世界舞坛享有盛誉。

活在现代，我是无法再去做古人的，我只想做我自己想做的东西，你说是现代还是传统呢？

马可与林怀民的"慢"生活
有一种力量叫物极必反

识人做衣

新京报：许多人是通过你为彭丽媛定制服装而了解到你，你如何看待定制？林老师也是因为这个原因才选她来为团队设计服装吗？

马　可：过去在民间，衣服是有感情关系的，比如给家庭成员做衣服。现代社会基本上看不到什么手工的东西。很多旅游商品中手工艺品制作者的目的变化了，日益粗制滥造起来。

这是我做"无用"的一个原因。我希望每个手工艺人，能理解做"无用"的初心——传递出人和人之间的关心、温暖，对未来要穿上我们衣服的人，用"无用"产品的人，我们是怀着可以让人们用上50年甚至100年的心态去做的。

林怀民：我找马可帮舞者设计衣服。她必须要飞到台湾跟每个舞者见面，观察他们，尽管只见过一面，下次见到，她会记得每个人的名字。她不是在做衣服，她是在传递一种态度。

马　可：定制，首先要考虑的就是服装要符合穿着者的精神气质和穿着的场合。

林怀民：对啊，不能穿成马可这样就去走红毯（马可穿着针脚明显，略泛黄的白色麻布衫、松垮的裤子）。

马　可：或许以后也可以，当我们的民族自信心提升后。

新京报：为第一夫人定制四款衣服需要多少时间？给舞者定制呢？

马　可：这个怎么讲？

林怀民：我来讲好了，你知道一个概念"饺子是现包的"吗？马可做衣服时是个"很龟毛"的人。她给我们做定制的衣服，整天讲，"太阳都不出来，太阳都不出来，"做衣服跟太阳有什么关系呢？因为她在用植物染色，用古法，要晒太阳，然后她电话里告诉我，衣服可能会来不及，因为最近天气都不好。

所以就像一个餐馆，"饺子是现包的，或者你可以选择吃速冻水饺，否则，你只有等。"

新京报：为什么会要这样来完成一件定制的衣服？是因为"第一夫人"还是对每一件"无用"产品都会这样？

马　可：服装本身不是目的，服装首先是为人服务，就像给舞者做衣服，我必须和他们见面聊天，观察了解每个人的性格，知道了他是个什么样的人，我才可以设计。同样，每种面料都是不一样的，能做出恰如其分的设计，必须对每种面料要读懂。

我的设计风格较为简约质朴，没有珠光宝气的浮华，衣服是人内在精神气质的体现。

新京报：你说过自己喜欢有力量的女性，你在给彭丽媛设计服装时，怎样体现这种力量感？你如何评价彭丽媛？

马　可：独立自信的女人最有力量。这种女性不需要取悦于人或依附于人，所以她们是为自己而穿衣，她们并不在乎他人的评价。她们不会随波逐流地生活，她们对于自己和内心的需求非常清楚，她们有明确的生活准则，有所为而有所不为，知福惜物。独立而自信的女人才会喜爱我的设计，我不需要刻意地去体现力量，因为力量只能来自于内心的强大。第一夫人也正是这样的女性吧！她在成为第一夫人很多年以前就已经身体力行地投入到环保及公益事业中了。

商业化会刹车　传统会回归

新京报：有人说林导的现代舞从传统的书法中寻求灵感，马可用最传统的手艺得到了现代潮流的追捧，在你们看来，如何看待这两者？

马　可：我对现代这个概念没怎么考虑过，我生长的地方、受到的教育，都是这块土地带给我的，中国也好，传统也好，已经融入血液中，在创作时不会想什么是中国，什么是传统与现代。这不是我关注的重点。我更多关注的是作品表达的态度。

新京报：想表达的是什么？

马　可：我看重的不仅是产品的美观及功能性，更看重设计作品背后的价值观和精神。

林怀民：每一场演出都有人问我，究竟想表达什么，其实你看到的是什么，我想表达的就是什么。马可是对付布料，我是对付舞者。比如《松烟》，不需要去刻意表达什么传统或现代，有人看到肢体，有人看到整体，有人看到个体，观众能够看到舞蹈表演就足够了。我只是找了一些传统文化当借口，留白啊，书法啊，让这些舞者能够有舞台可以跳舞。这对我来说就足够了。

和马可说的那样，我生长的环境影响着我，我的概念里没有中西古今，如果我生长在纽约，现在我编的舞蹈一定会不一样。

新京报：为什么会不一样？

林怀民：因为环境不一样。现代舞里有许多西方的概念和技术，但是经由我编出的舞蹈，外国人一看就会说，哇，这是东方的。其实我没有刻意去靠近传统，只是对于我，对于舞者，练太极、练书法、慢慢呼吸，这些事情是最舒服的，我们只是找到了让自己舒服的方式去通过舞蹈呈现内心。活在现代，我是无法再去做古人的，我只想做我自己想做的东西，你说是现代还是传统呢？

新京报：尽管越来越多人关注传统文化，但若肯给乡民一套楼房，给村妇一件时装，他们会丢掉田地或布衣，怎么看待这种态度？

马　可：大约是在20多年前的上世纪80年代末期，西方市场经济进入中国，国人开始有了关于时尚、流行的一些认识，这些逐渐冲击了中国传统文化的价值观。

不管从现在的教育，还是从互联网的迅速发展来看，西方文明都在改变着世界，这个冲击不仅对中国，去非洲，看到那里的人就像曾经的中国，正在渴求迅速取代原有本民族文化的一切，包括房屋、服装、生活的方式。

新京报：你觉得传统被取代是大势所趋？

马　可：我相信文化中有一种力量，叫做物极必反。20世纪随着工业化的进程、商业化的渗透，已经形成一种惯性，这惯性使得原有的许多传统价值观被改变。但在21世纪，我相信一切都会转变，当商业高度发达，科技迅速发展后，人们会发现，过度发达的科技、工业、商业其实不能满足深层次的精神需求，快捷、高速的负面影响将逐渐显现，此时，许多人会选择返回乡村、寻找田园生活。因此传统不会被取代，只是会换种形式，重新唤起人们对生命本真需求的渴望。

国货的品质体现"文化自信心"

新京报：很多人会觉得，"无用"很传统，但是太贵了？

林怀民：去"无用"生活空间，你会发现一个奇怪的现象，里面的衣服没有商标，没有价签，甚至你去问服务员（"无用"生活顾问）这件衣服还有没有，他们会给你讲，大概要等一两个月，因为女工在纺纱。

马可的衣服产量不多，但"无用"的存在具有象征性，无论制作时间还是工艺，都不可能通过一个"无用"的存在，满足13亿人的需求。但是她存在，她开始发声，让人们对这种慢生活有一种情感上的向往。慢慢有人出来说，我也会这样做。

马　可：是，"无用"在做的，一件衣服、一件器皿，每个物件因为投入了心力而被赋予了生命，工业制品大多数是机械化的操作，缺少生命力，缺乏可以让人感动的东西。手做与机器量产中制作人投入的精力也完全不一样。

我们追求的不是量产，手工的东西本身也没办法量产，但是因为缓慢和稀少，让每一个拥有的人，对来之不易的物件倍感珍惜，这是与工业制品不一样的。这种用心会获得人的珍惜，珍惜才会更少地占有和购买。

新京报：你如何看待如今的国货，看待自己所做的产品？

马　可：中国文化中，最生动最打动我的都在民间，不是宫廷或皇家的东西，民间老百姓为生活没有功利心而做的东西，一个板凳几代人用也不会坏，简单、朴实，里面有非常强的生命力。

城市里，很多食物、产品不能信任，比如一个门把手用几个月就坏了。百姓日用的品质代表了这个国家的品质。中国人是世界上最聪明的人，但大量的抄袭和模仿、缺乏原创成了中国制造的诟病。所以我坚持做原创而高品质的东西，这才是国货真正能深入人心的唯一理由。

新京报：你认为国货最重要的品质是什么？

马　可：制作人的素质决定了品质。一个物件，比如这瓶矿泉水，从瓶身到瓶盖到其中的水质，所有细节的品质累积起来就决定了一件产品的品质；所有的产品品质累积起来就决定了中国制造的品质；是否能做出高品质的产品是由国人的素质所决定的。要想提高品质，首先要提升人的素质。素质由什么决定？态度，一个人在心里充满对工作的虔诚与自豪感，才有可能制作出最高品质的产品。

新京报：现在的国货需要怎样改变？

马　可：国货目前存在短板，但提升要有个成长的过程。从经济能力上讲，不可能让13亿人用同一品质的东西，"无用"做的是金字塔顶尖的部分，在"无用"之前，奢侈品就是国际名牌惯常的解读——奢华才是奢侈。但我的观念里，朴素才是奢侈、真诚才是奢侈，去掉外在的浮华，精神的高贵才是奢侈，"无用"的存在，拓宽了人们对奢侈的理解。朴素、简洁而充满灵性才是真正的奢侈。"无用"出现后，人们可以看到不一样的东西，开始问自己：我到底要过什么样的生活？

林怀民：说到这里，我觉得国货的品质，其实体现着一种"文化自信心"。但是我们丢得很快，对于土地、衣服的信心丢得都好快。如今，高楼盖完之后，四合院、胡同、树、环境都被破坏得差不多了。人们开始反省，要慢，要有个呼吸的空间，时代到了这里，大概是我心里对慢有种渴望。现在全世界在讲慢活、素食，慢慢地，能体现文化自信心的国货，才会成长起来。

赚钱不是我的理想

新京报：有定义说"无用"是个品牌，后来定义为公益组织，什么促使你对"无用"的发展发生了改变？

马　可："无用"一开始就是朝着"公益组织"的方向去做的。2012年我们就注册了公益组织，珠海市妇联最终帮我做了挂靠。到了年底，我们从民政局得知，公益组织不可以做销售，要销售，必须要去工商局做工商注册。无奈之下，我们才注册了公司。

林怀民：云门也是财团性质的公益组织，我们可以卖票，但是赚的钱不会回到私人口袋里。

马　可："无用"创办的初衷，是想保持公益性，但是不得已又变成了公司，后来还好，发现了"社会企业"（通过商业手段做公益的事情）这个概念。这个定义非常适合"无用"。"无用"的未来，所产生的所有盈利，都会回馈到我们的社会目标上去。

新京报：你们都在强调不是为了赚钱，不喜欢沾染上钱这个因素吗？

林怀民：没有，我们爱钱，我们需要钱，舞者需要钱，但是我们不需要钱进入自己的口袋。

马　可：钱并不坏，而是钱需要用到该用的地方。中国民间手工艺的保护和传承需要钱，而我个人的生活并不需要多少钱。相信林老师和我一样，每个月不会有太多开销。

林怀民：我就抽烟、买书，不需要去买1000块一瓶的化妆品，当你搭上了时尚的列车，停不下来的。赚钱干什么，买新手机？像笼子里的老鼠，一直跑，一直跑，跑不开。商业文化会告诉你一直要消费。其实，我个人赚钱的欲望已经没有了，只是组织运转需要钱。我现在做的事，仅仅是希望找到让金钱去发挥作用的渠道。

新京报：你每月具体开支大约是多少？

马　可：一个月几千块的开支足够全家老小的开销了。

新京报：不愿去考虑赚钱的事，也是你离开"例外"（马可1996年与合伙人共同创立的国产服装品牌）的原因吗？

马　可：离开例外，是因为当初创业的理想没办法在那里实现，"例外"后来发展到全国有100多家的专卖店，但商业上的成功、企业的规模化并不是我的理想。一个品牌可以做的事情很多，我无法把实现扩大知名度和市场占有率作为目标去追求，我期望通过品牌可以实现一种内在精神和价值观的传播。

■ 链接

2014年，你个人最大的变化是什么？

林怀民：头发变得更白了，心境上变得更安静了。

马　可：2014年对我和"无用"都是具有历史性意义的一年。9月9日，"无用"潜沉八年后终于在北京开启了首家"无用生活空间"，这是团队艰辛探索的来之不易的成果。

2014年，国家和社会层面你感受到的最大的变化是什么？

林怀民：觉得这个社会变化得太快了，一切都在变。

马　可：我很欣慰地见证了祖国在这一年有了长足的发展和进步，各项改革都令国人信心倍增，这是时代赋予中国的机遇，我们还要加倍努力，实现真正意义上的中华之崛起。

你对国家未来最迫切的期待是什么？在你看来这种期待大概需要多久能实现？

林怀民：希望一切都能慢一些，慢下来去面对生活。

马　可：最期待中国传统价值观的回归！社会强烈呼唤道德、良知、求真、向善、自利利他的中国精神。中国人到了认祖归宗的时候了,这不是一个可以一蹴而就的目标,但是我充满信心。

如果幸福指数从一到十,你给现在的自己打几分?为什么?

林怀民:可以满分吧,我想我很幸福,因为我活得很满足,我对于我拥有的一切都很满意,对于自己的状态也很满意。

马　可:我给自己打5分,留下一半给我未来的人生。修行的目的不是为了追求完美,而是放下对完美的追求,接纳不完美的自己和他人。

(文／潘琦)

曹德旺

福耀玻璃集团创始人，累计个人捐款已达60亿元。

(图／浦峰)

打个比方，财富就是大海里游过来一群鱼，你捕了一网，有几千斤，你一家人吃，几条就够了，还剩几千斤怎么办？拿去冷冻？拿去腌制？如果有天灾海啸，把它们冲没了,倒不如分一些给大家，一起享用。

生活：大雾霾与小小康

别叫我首善

2014年11月4日下午，福建福清，68岁的曹德旺端坐在办公室里，他粉色的衬衫映衬着脸庞，显得满面红光。这个被业界评为有家国情怀的商界大亨，更愿意讲述与自己相关的传奇经历——幼年时，时局动荡，曹德旺一家由上海迁回福建老家，家里的全部财产放在一条货船……船沉了，家里一贫如洗。

"如果自己再次遭遇沉船，再次一贫如洗……"60多年后，这个捐资超过60亿的企业家，响当当地崩出三个字：不可能！

"首善"应该评给袁隆平

新京报：曹先生做公益几十年，捐了60多亿，有个称呼：中国首善。

曹德旺：我不认同这个说法，我不就是多捐了一些钱嘛。

新京报：不认同？

曹德旺：这不是我求的东西，但大家怎么讲我也不反对。这个称呼其实是在安慰你，在鼓励你，是认为你做得不够好才这样称呼你。

新京报：接着问题来了，有人称陈光标是"首善"，马云最近也被称为中国首善，你被舆论称为"真正的首善"，你们仨，谁真谁假？

曹德旺：三个人都没问题。我还需要去努力，练就一种境界。

新京报：什么境界？

曹德旺：中国自古以来提倡的是中庸之道，就是要我们本着谦虚、诚信、尊重天下人的原则来做事，做好我们每一件事，不管是在人前还是人后，白天做还是黑夜做，每件事都能做到表里如一、始终如一，多好，这才是中庸之道。

我做公益慈善不是图某一个目的或名号才做的，我只是去践行中庸之道而已，这才是我的所求。

新京报： 刚才和你的下属聊天，得知你被评为中国首善后，还专门拜访了袁隆平，你对袁隆平说他才是真正的首善。

曹德旺： 对，拜访袁隆平时，我还给他送了两瓶茅台酒。从首善角度，应该评给他，他当之无愧。袁隆平很不容易，把他的一生奉献给水稻杂交技术，当年就转化成了生产力，农民用来生产，实现了丰产……由于他的努力，为我们国家创造了很多财富。

在我看来，评选首善的标准，不能只盯着捐了多少钱，也要看解决了多少社会问题。

新京报： 有没有感觉被"中国首善"这个名号绑架了？大家都这么称呼你，于是不得不做公益慈善。

曹德旺： 我不把这当回事儿，我也没什么压力。

公益的目的不是做慈善，真正目的是培养一个人的意境、思想境界，因为通过做这些事情，求的是社会的稳定与和谐。过程中，做公益只是手段，不是目的。只有达到和谐，人与人的友好相处，大家一起才开心，这才是最终目的。

一贫如洗时　父母教我自立自强

新京报： 你的经历很传奇，你父亲曾是身份显赫的人，时局动荡时经历"沉船"后，家庭发生了变化。

曹德旺： 没有错，那时我两岁。

父亲曾是上海著名的上海永安百货股东之一。时局动荡，父母决定举家迁回福建老家。离开上海时，父亲带全家坐邮轮，财产全放在另一条运输船上。等到家之后，全部家当却没回来，只得到一句答复，船沉了！兵荒马乱的年月，一家人叫天天不应、叫地地不灵，家中顿时一贫如洗。

新京报：家庭变故后，你印象最深的是什么？

曹德旺：一天也就两顿饭，饭是地瓜片煮面糊糊，还吃不饱。我小时候经常放牛。

我爸不会种田，但父母没有忘记培养孩子，要求孩子有志气，要自强。

新京报：父母是怎么教育你的？

曹德旺：我家那么穷，我妈就跟我们讲，不要跟别人讲我们没有饭吃，不要跟别人讲我们穷，你讲了不会有人同情你的，别人只会嘲笑你，看不起你。你要自己努力，要好好读书，做一个让别人信任的人，这样以后就可以有很好的日子过。

新京报：这句话影响到了你？

曹德旺：对，所以我兄弟姐妹几个都很有出息。

新京报：你出息后，大到抗震救灾，小到帮贫困户买牛，你都参与。

曹德旺：一个乡民，身有残疾，家里有两头牛，他以放牛为生。但这两头牛在同一年先后死掉，他很伤心，不吃不喝。我知道后，想给他买一头牛，不让他痛苦。

这样的小事太多了……坐在飞机上，我爱看报纸，看到某人需要救助的，下飞机就直接打电话联系帮助。

新京报：抗震救灾，捐资助学，帮贫帮病……公益方面你投入了很多时间，会不会影响企业发展？

曹德旺：不会，我很清楚，做公益绝对不允许影响我的企业。

新京报：你曾说你是一个企业家，而不承认是慈善家？

曹德旺：我是做企业的，当然是企业家。慈善家是别人封的，不要因为是不是慈善家而困扰你，你不是慈善家也没有关系，做了自己应该做的事情，就可以了。

新京报：公益慈善是每一个企业家都应该做的事情吗？

曹德旺：这是每一个人都应该做的事情，包括你。

公益是每一个人的事情，公益只是方式和手段，不是目的，目的是社会的稳定和谐。我们用各种各样的方式来培养发展每个人的境界，如果语言美，成为整个社会集体的血液，行为美成为整个社会的习惯，整个社会就稳定了。

新京报：做公益那么多年，最难忘的经历是什么？

曹德旺：2010年西南旱灾，我去云南救灾，捐了不少钱。我去了一个村子，看到几个农民，他们每个人收到2000块，我发现，这2000块钱他们数了十几遍。我问一个农民为什么这样数，他说这是他一辈子见到过的最大的一笔钱。

我一听，乐了。哎呀，我做公益做了几十年，这是我所遇到的最开心的事情。

我不支持裸捐

新京报：从1983年到现在，你捐了60亿了？

曹德旺：对，60亿了。捐款中，我反对拿一车物品抵钱，因为按照国际惯例，捐赠物资是不能计入价格的。

新京报：有人说，60多亿可以拿来做很多事情，壮大企业，投资地产……为什么捐掉？

曹德旺：如果我再拿去投资的话，我又要花时间去管理，我没有精力。

新京报：那不一定非得捐出去？

曹德旺：那你说要做什么呢？钱这个东西，没有不行，多了也没用。打个比方，财富就是大海里游过来一群鱼，你捕了一网，有几千斤，你一家人吃，几条就够了，还剩几千斤怎么办？拿去冷冻？拿去腌制？如果有天灾海啸，把它们冲没了，倒不如分一些给大家，一起享用。

再有，我想把企业做大，做得更长久，我就渴望整个中国社会稳定和谐，如果没有和谐环境，长治久安不可能，更别谈企业了。

新京报：把花不完的钱拿一部分反哺社会，对做企业有帮助？

曹德旺：对。很有帮助。你看我70多岁的人了，心态很好，身体也很健康，就是因为做公益开开心心的，没有多少烦恼。和大家开开心心地分享劳动成果，多好啊。

新京报：这是你的家国情怀吗？

曹德旺：与其说情怀，不如说是参与社会问题的思索和解决。社会问题中，最头疼的就是分配问题。分配有一次分配、二次分配。一次分配是通过大环境来分配，二次分配是通过政策来调节。分配中，还存在贫富问题。贫与富，有的是自己的原因，有的是先天性原因，有的是后天机会原因……这就需要先富带动后富。弱势群体也是人，也应该过好日子。他们的日子过好了，企业才能做好。

新京报：你捐了60多亿，但这只是你财富的一部分，有人说，你没有裸捐，公益做得不彻底。

曹德旺：像我现在家里有十几口人，有两三万员工跟着我做企业，我只能捐出去一部分。如果都捐完，那企业亏损，损失更大。我是人，不是神仙，我死时还需要有人送葬。

新京报：也就是说，你不支持裸捐，不能因为做公益慈善以降低自己的生活品质。

曹德旺：对，我不支持。本来别人比我穷，裸捐了，又变成我比别人穷。这不现实，我没必要全部捐完。盲目裸捐，是对家人和企业不负责任的表现。

不去听别人的议论

新京报：做公益30多年，有没有受到什么质疑，比如说"你曹德旺在沽名钓誉"？

曹德旺：我不知道。因为我不去听他们的议论。

新京报：但你总有耳朵有眼睛的啊！

曹德旺：我听不见。不管他怎么讲，我走过的路，肯定有人说各种说法，包括做企业、做公益。我当时就讲,你有嘴巴在你的脸上,你高兴怎么讲都没问题。但是我要告诉你,讲话是有责任的,讲了之后不像你所讲的那样,你怎么去圆这个谎?所以我不去管别人怎么讲。其实你怎么评价我,我都很高兴,你们在茶余饭后议论我,说明你还记得世界上有曹德旺这个人。好的坏的,同样一件东西,站在不同角度看是不一样的;同一件事情,不同的人看着是不一样的。那你说这个好或那个不好,是每个人的水平不一样。

新京报:不听别人的议论,会不会意味着你不接受任何意见?

曹德旺:要让所有天下人都认为你做的事情是正确的,这是不可能的。别人高兴怎么说就怎么说,我走我的路。

新京报:当下有些人做,公益比如李连杰,也得到了很多骂声。您有何建议?

曹德旺:随便去骂人是不好的习惯。像李连杰被人骂是因为做事了,做事就难免有争议。

新京报:很正常?

曹德旺:对。这是个人素质的问题,随口就骂是个人素质的问题。

新京报:当下做公益有很多形式,冰桶挑战,等等,你如何看?

曹德旺:从我个人的角度,不会去响应这个形式。这是沽名钓誉的事情。做公益就应该实实在在做。拿冰桶挑战来说,一桶水有多少钱?在旱区就意味着100块钱,为什么不捐到旱区?

新京报:也有人觉得这种很新颖,给自己带来快感,促成更多人参与。

曹德旺:有的人为的是想出名。我不提倡。

新京报:当下越来越多的公益形式,也是为了让更多人参与。

曹德旺:要适可而止。不要过分做到极端。公益不是为了捐钱,语言美、行为美就是公益。我捐钱也只是为了美而已。

低调做慈善 因为我自私

新京报：我国的公益环境处在哪个阶段？

曹德旺：初级阶段，大概处于美国 100 年前的状态。

新京报：你为我国的公益现状担忧吗？

曹德旺：没什么担忧，整个社会发展中，出现一些问题是正常的。美国慈善做得比中国好，是需要经历一个漫长过程才逐步完善的。100 年前，和我们当下一样，美国人也在质疑慈善，后来经济发展起来，有了立法，美国执行得较严，政府也从导向上支持慈善发展。这说明，慈善是一种现代文明，在物质文明发展到一定程度后才能发展起来。我们有时候也会着急，但我认为这是需要时间的。

新京报：初级阶段的公益环境，使得出现很多有争议的公益形态，有的人做公益比较高调，您怎么看？

曹德旺：这是个人习惯，是对是错我们不评价。

新京报：你的习惯是低调？

曹德旺：对，我比较自私。

新京报：自私？

曹德旺：隐功积德嘛，就是还想积一点德。如果把自己做的事，说穿了，还积什么德？以前我妈跟我说，人情不说破，说破无人情。还有就是，知恩图报非君子……做慈善悄悄做，多做少说，或只做不说，这样最好。

新京报：企业家做公益和非企业家做公益有何区别？

曹德旺：没有区别。做企业不是企业家的专利，整个社会都可以做。我们企业家做的事情，也不应该是为了成为慈善家才做，真正的目的是让社会稳定和谐。

新京报：非企业家如何做公益慈善？

曹德旺：不是企业家，可能没有钱，但有没有眼睛、鼻子？有没有嘴巴？有没有耳朵？有的人需要帮助，不全是缺钱，在表述哀怨时，你过去安静地听他讲述，恰当地安慰他，这比给他一两百块钱更好，这也是一种慈善。比如在马路上看到有人推车，推不上去，这时你就伸出手，帮他推上去了，也是慈善。

所以我一直强调，解决困难有千万种办法，不只是钱的问题。慈善需要每个人参与到里面。

新京报：所有人都参与，社会就改变了。

曹德旺：汶川地震时，有个乞丐拎着一麻袋钱去捐款。我觉得他比我伟大得多。他的捐款是蹲在街头，一毛一毛地乞讨来的钱，而我的钱只是拿出来的一部分。

整个社会充满真善美

新京报：未来，你最大的公益愿景是什么？

曹德旺：整个社会充满了真、善、美。

新京报：会吗？

曹德旺：当然会了，通过大家共同去努力。只要我们有十分之一的人，能够从内心喊出社会和谐从我做起，社会就和谐了，国家就强起来了。

新京报：但也有人认为公益是别人的事情，和自己无关。

曹德旺：这就是问题所在。但国家是你的国家，怎么会和你没有关系？不要跟别人攀比，他偷东西他贪污，不要跟他计较，要做一个高尚的人、有境界的人。

新京报：你说你有境界，别人说无商不奸。

曹德旺：这是中国人的说法，在国外不通用。人就是人，每一个群体都有良莠之分。你可以去查，我60多年走过来，没有骗社会一分钱，没有骗国家一分钱，我不行贿不漏税，平均一年捐一亿。

新京报：你现在很满意自己的状态？

曹德旺：当然了，我为我自己的行为感到骄傲、自豪。毛泽东讲过，一个人做一件好事容易，做一辈子好事很难。

新京报：你接下来有什么计划吗？

曹德旺：我会持续培养自己的境界。没有钱我也会做好事，毕生都应该做有益于社会、有益于国家的事。

(文／申志民)

褚时健

原红塔集团董事长，昔日赫赫有名的"亚洲烟王"，中国最具争议性的财经人物之一。

我这一生，可能对社会有种责任感绕不开。我搞过农场、养殖、种植、糖、酒、造纸，这些我都干过。划右派后，我很多朋友抱着态度说，社会不公。我这一生坎坷太多，但不管在什么背景下，就是要做事情，只想把事情干好。

生活：大雾霾与小小康

我一辈子都要干事情

"我的性格是撞到南墙才肯收"

新京报：你很少公开谈论自己的经历，为什么会出这本传记？

褚时健：好多人都提议说，你这一生坎坷太多了，有很多东西值得写，很长时间了。差不多向我建议的有上百人。我都没有同意，这些事，我不想再拿出来说。后来我成为果农，种出了好吃的果子，在这个阶段，很多人就觉得你的事不写出来，大家很失望。我在想，可能我这一生真的是有点东西值得写本书。

新京报：回顾过去，你最深的感触是什么？

褚时健：我这一生，经历的坎坷比别人多，这些事与我这个人、对社会的态度、对工作的态度有关系。我认为该干的事干好，心里才舒服。我这个人过日子线条粗，大事我管，小事我不管，有些时候，引起争议的东西很多。比如以前搞烟草，当时中国没有合格的烟草，没有好原料就做不出好产品。大家都认为原料是农业部门的事情，与我们何干？这种事情，别人不爱干，我干了。后来的事实就是，中国烟草的品质，就在我们推行了这个种植方法以后，跟世界相差不多了。这种有意义的事情，我撞到南墙才肯收，这是我的性格。

新京报：你是王石、柳传志等很多企业家的偶像，你怎么理解"企业家精神"？

褚时健：现在每年都有新的不出名的企业搞好了，也有很多垮台。在我看来,企业家精神当中,有个很重要的事,在处理企业的一些决策时,先考虑这个事情对国家影响大不大,对国家好不好。另外,你要搞一个企业,你要了解它,你这个企业的航道、涉及的问题,你懂不懂。不懂的事,学懂了再搞。那就避免很多乱决策,避免很多国家损失。但听别人讲不行,你自己心中要有谱气。

"我没怕过,我有谱气"

新京报:早年的经历,少年劳作,青年上战场,对你做企业有影响吗?

褚时健:有。人嘛,就要注意积累好的东西。像这个吃苦耐劳的事,我就不怕,有多苦我都受得了。做事情成功不成功的规律,我积累了很多。"文化大革命"时,我搞那些小厂积累一些经验,经过那些小企业,再到烟厂,我就比较有谱气了。我的生活碰到的问题很复杂,但复杂的规律我找到了。

新京报:你这一生经历过很多变故,让你"活过来"的,除了书中写到"对家人的牵挂",内在的驱动力是什么?

褚时健:我这一生,可能对社会有种责任感绕不开。我搞过农场、养殖、种植、糖、酒、造纸,这些我都干过。划右派后,我很多朋友抱着态度说,社会不公。我这一生坎坷太多,但不管在什么背景下,就是要做事情,只想把事情干好。

"这辈子只能在山里种橙子了"

新京报:2001年你已经70多岁了,刚刚经历那么大的挫折,这时候一个安静平和的晚年不是更重要吗?你选择再次创业,而且是在新的领域,当时的动力是什么?

褚时健:我们这一代人,干事情就要干好。种橙子我们是经过了调查,从自然条件,一直到平衡我们自身(条件),我们有七八成八九成把握。也考虑到农民生活比较贫苦，过去这里几百户人家，都是贫困人口。(后来)所有跟我们种果子的农户，都脱贫了，这个脱贫是真正的脱贫。

新京报：外面的人把你种的"橙子"称作"励志橙"。

褚时健：可能他们觉得，这个老头太老，这么大年纪还把水果种成功，好吃效益也不错，他们想象我们这十几年的过程。我 2014 年碰到十多次，(外面的人)到山上来找我。有个人在门口守了几天，说"我只见五分钟，说两句话，沾沾福气"。我老伴说："你才种了两三年就交代了，没有信心了，没有勇气了，我们用十年搞一个品牌。"坚持下去不断地提高，你想一昼夜就发财吗？不可能。可能从这个角度，人家起这个名字。

新京报：你接下来有什么规划？

褚时健：更多的东西也不想搞了，没有精力了。现在看来，这辈子只能在山里种橙子了。还剩几年时间，把这轮扩展搞成功，让后代子孙的生活有条出路。

■ 链接

"褚橙"诞生记

2005 年，"褚橙"新鲜出炉时，市场无人知晓。就在这一年，总经理马静芬决定在昆明泰丽大酒店召开一个品鉴会。在此之前，昆明这个水果品种丰富的城市从来没有为一种水果举办过这样的盛会。

让所有人没想到的是，这一天，褚时健西装革履地出现在了与会者面前。这是他自 1996 年以后，第一次在公开场合与朋友们见面。

最先尝到冰糖橙独特口味的人们，对"云冠"这个品牌名称不满意，认为指向性不明确，不响亮，当时有人建议改名，有提议叫"褚大爹橙子"的,也有提议叫"褚果"的。当时中国作协副主席高洪波到云南开会,代表当年参加红塔山笔会的作家们看望褚时健,他提出,干脆就叫"褚橙",好听又好记。听了这个建议,褚时健面有难色,他认为自己是戴罪之人,不合适公开出面,何况以自己的姓命名品牌呢。

(文/孙玮婕)

未来：面对面看不见你

被媒体誉为"中国民营上市之父"的蔡洪平，曾一手缔造了诸如比亚迪等众多民营公司的上市传奇。在对互联网点赞之声不绝的时候，他冷静地说，中国真正成型的智能化生产化的企业尚未出现。

创业新星——25岁、33岁，两个普通的年轻人，凭着热爱、理想和创意，在移动互联网领域开创出备受欢迎的产品。

2014年，经历了纸媒黄金时代的王跃春与陈菊红，一个传统媒体人，相信新闻的稀缺性和独特价值。在移动互联网时代，她们希望通过不同形态媒体的合作，探索新的路径，来保持新闻的专业水准和新闻人的尊严。

鲁白团队打造微信公众号《赛先生》，姬十三则创办果壳网，他们都致力于借助新媒体为公众揭开科学的神秘面纱。不同的平台，他们在努力使科学成为一种生活方式。

蔡洪平

　　德意志银行亚洲投资银行部主席。在投行界,被冠以"首富园丁"的称号。曾一手缔造了比亚迪、碧桂园、SOHO中国、联华超市、魏桥纺织与长城汽车赴港上市的财富传奇,被香港媒体誉为"中国民营海外上市之父"。

　　互联网方面,阿里巴巴、腾讯等发展非常好,技术企业方面,华为、小米、国有航空工业等发展很好,但是,真正成型的智能化生产化的企业还没有真正出现。

中国需要更多的任正非和雷军

2013年4月,"工业4.0"这一概念率先在德国汉诺威工业博览会上由一位德国工程师提出,德国因此成为最早提出该概念的国家。相较于工业1.0蒸汽时代、工业2.0电气时代、工业3.0信息时代来说,工业4.0被认为是以智能制造为主导的第四次工业革命。

2014年10月,李克强总理出访德国时提出,中国要与德国合作发展工业4.0。中国正在制定工业升级计划,《中国制造2025》顶层规划也已经出炉。据悉,该规划几乎是参照德国"工业4.0"的时间表。

蔡洪平曾去德国考察中小企业,那里正在进行工业4.0革命。他表示,尽管中国政府已敏锐地意识到工业4.0的重要性,已经把它写入十二五规划和相关文件中,但目前中国在法律、金融以及相关配套制度方面尚存在不足,缺少工业研发的心态和生态。蔡洪平说,中国现在需要更多的任正非和雷军,而不是更多的互联网企业。

不会再有下一个马云

新京报:近期你曾说,阿里巴巴的上市代表互联网的高潮过去了,或者说结束了。

蔡洪平:互联网快速发展的高潮已经结束了,今后不大可能出现当今的高潮。

新京报:这是否意味着阿里巴巴目前处于发展的顶峰?

蔡洪平:阿里巴巴会不断超越自己,不过,别的互联网企业很难超越阿里巴巴。我不相信今后还会有下一个马云。

新京报：为什么？

蔡洪平：美国发明了网络，为什么只有亚马逊、ebay，却没有阿里巴巴？因为中国有"非改革红利"。

新京报："非改革红利"，具体指什么？

蔡洪平：李克强总理提出改革红利，是指政府推进如政企分开、政府简政放权、国企改革等一系列改革之后，提高了企业的积极性，确立了市场经济地位，这是改革红利。那么，没有进行改革时，也有非改革红利，使得创业者也有机会。

中国的电子商务之所以发展如此迅猛，正是由于中国的零售体系没有改革，给了这些公司极好的机会，中国才出现了阿里巴巴、京东等大型电子商务公司。

中国的零售体系，从生产、流通、批发到零售，中间环节太长，最终都转移到消费者身上，导致物价贵。目前，在互联网的冲击下，电子商务就有机会减少这些流通环节，降低价格，迎来发展的重大机遇。

同时，还有以余额宝为代表的互联网金融，也是得益于国家没有进行利率市场化改革。银行存贷息差空间太大，给了互联网金融机会。上述创新都是得益于中国特有的"非改革红利"。

改革红利释放，互联网机会减少

新京报：你说互联网的高潮已经结束，是否意味着目前"非改革红利"快享受完了？

蔡洪平：还没有。目前，非改革红利刚开始，中国越不改革，非改革红利越大。不改革为互联网带来特有的机会，因为互联网可以冲破非改革壁垒，挖掘非改革红利。

新京报：那么，改革红利是否有利于互联网发展呢？

蔡洪平：改革红利释放出来后，互联网企业的机会就少了。

新京报：那么，互联网企业的生存空间是不是小一些？

蔡洪平：我认为电子商务企业的空间会减少，不过互联网的空间不小，未来可以向智能化进军。

新京报：过去15年间，互联网解决了人类的沟通、消费、流通、金融，那么，下一步互联网该如何发展？

蔡洪平：互联网下一步向生产力进军，要集合所有资源向工业4.0进军。

中国尚无"4.0"企业

新京报：中国有哪些真正符合4.0工业革命的创新企业？

蔡洪平：互联网方面，阿里巴巴、腾讯等发展非常好；技术企业方面，华为、小米、国有航空工业等发展很好。但是，真正成型的智能化生产化的企业还没有真正出现。

新京报：你之前也跟马云聊过这个问题，阿里巴巴的上市创造了IPO纪录，但全球市值最高的企业依然是苹果。

蔡洪平：今天的市值最大的公司不是互联网公司，而是高端制造业公司。未来中国一定会出现超越阿里巴巴的制造业公司。比如，现在小米发展很快。

新京报：中国的制造业企业如何升级到4.0？

蔡洪平：中国正在现有的基础上进行工业4.0升级，但是，革命性的升级尚未开始。目前，中国在研发上正加大投入，不过，还没有形成气候。

新京报：西方国家完成工业化革命花了近100年时间，而中国只用了30多年，这算不算"后发优势"？在工业4.0时代，中国如何抢先或者与德国等发达国家同步发展工业4.0呢？

蔡洪平：事实上，中国没有"后发优势"。我们的工业化是拷贝过来的，中国的土壤不具备"后发优势"，只有"后引进优势"。中国的市场比较大，推销能力比较强，却没有研发上的优势。因此，在发达国家开动火车的时候，我们不要掉链子，能够挂上去跟着跑起来。

新京报：当我们在谈论"工业4.0"时，实际上是在谈论什么？

蔡洪平：第四代工业革命，实际上是智能化生产。与前三次工业革命不同的是，它是"互联网＋机器人＋自动化＋个性化＋3D、4D打印"的高效率生产。简单地说，工业4.0时代的生产基本不需要人，逐步智能化。它使用了互联网、自动化、生产线等前三次工业革命的技术，大规模提高研发效率。甚至可以在全球实现研发和下订单，通过智能化、物联网和现代物流，商品可以全球化配送。

最大的问题是缺少法律保护

新京报：为什么中国尚未真正开展工业4.0革命？

蔡洪平：尽管中国已经敏锐地意识到工业4.0的重要性，已经把它写入十二五规划和相关文件中，但是，目前中国在法律、金融以及相关配套制度方面尚存在不足，缺少工业研发的心态和生态。

新京报：如果以德为师，中国距离工业4.0还有多远？

蔡洪平：我曾经说过，中国目前需要更多的工程师，需要更多的任正非和雷军，而不是需要更多的互联网企业。毕竟，制造业才是生产力的根本。

新京报：中国要发展工业4.0，需要解决哪些问题？

蔡洪平：第一，目前中国互联网的阵地主要集中在零售、消费、物流等领域，还没有大规模引入到生产力的开发和智能化生产上来。而从资本市场来说，许多中国互联网企业在美国上市以后，估值很高，导致了很多风投、PE等金融机构更加青睐互联网企业，也促进了互联网企业的发展。但是，从事智能化生产的企业，很难得到金融机构的资金支持。

第二，目前还没有具备新技术研发的心态，因为这种互联网技术运用到生产上来，需要很强的工业心态。工业心态，是做工业的认真执著，要在精细的领域深耕，而不是炒股、赚快钱、盲目追求互联网的短期心态。

第三，缺少理想的工业生态。目前中国还没有形成一个配套的、系统的研发生态，这个生态包括了私募基金、风投等金融机构的支持。在德国，有很多这样的金融机构支持小企业进行生产研发，如果没有这些金融机构的支持，小企业在前期就会很难生存下去。

第四，中国在做智能化研发生产方面，最大的问题是，缺少法律保护。当研发者辛辛苦苦开发出前沿的技术之后，中国缺少法律和专利保护，基本谁都可以抄袭。近期召开的十八届四中全会，就提出了依法治国，正是加强对知识产权法律保护的好时机。

第五，国内研发成本太高，融资成本也很高。目前很多民营中小企业融资成本动辄高达10%以上，很难生存下去。而欧美小企业的资金成本很低，而且他们还有其他资金的支持。

新京报：如何解决上述问题呢？

蔡洪平：要解决上述五个方面的问题不是件很容易的事情，涉及法律、金融体系等，这都不是单一的问题，而是系统配套问题。

（文／金彧）

张近东

　　苏宁云商董事长。1990年,创建苏宁。1999年,向全国连锁扩张,此后逐渐成长为国内最大的家电零售企业。

　　很多企业之所以转型不成功,并非是没看到趋势,而是无法承受短期的诱惑和压力,从而左右摇摆。放弃过去的成功很难,但有时不放弃就无法获得明天的成功。

不放弃过去 明天无法成功

张近东认为,同行上市,从竞争角度讲,对手更强大、资本实力更强了。但是,过去苏宁吃亏的一个原因就是它是上市公司。如今同行上市,意味着数据会变得更透明,竞争手段和方式也必须更规范,这将创造更规范、公平的竞争空间。

创新太早会成为先烈

新京报:转眼苏宁的转型已经进行三年。当初苏宁开启第三次创业,提出要做互联网零售企业。互联网零售的本质是什么,与传统零售到底有什么不一样?

张近东:互联网零售从本质上说依然是零售,而互联网是这个时代的工具。实现向互联网转型,就是将线上的便利性与线下的体验功能进行完美融合,将互联网技术应用与零售核心能力进行充分对接,从而更好地满足消费者的需求和供应链的优化,形成可持续发展的商业模式,这就是苏宁要追求的互联网零售模式。

新京报:目前看,要做成功的互联网零售企业,需要具备哪几个条件?

张近东:首先,要在技术的快速变化中始终把握行业本质。技术归根结底是工具,但每个行业都有它不变的内核,就是如何更好地服务客户。生存和发展是前提,创新太早会成为先烈,太迟会被时代抛弃,只有在恰当的时候发力,方能既不伤及本身,又能创新成功。

很多企业之所以转型不成功,并非是没看到趋势,而是无法承受短期的诱惑和压力，从而左右摇摆。放弃过去的成功很难，但有时不放弃就无法获得明天的成功。

转型短时间内对盈利有影响

新京报：你把2014年定位为"战略执行年"。总结这一年，你给苏宁转型的评价是什么？

张近东：苏宁发展的战略布局调整，2013年底就定型了，2014年是苏宁的战略执行年。2014年年初通过将线上电子商务经营总部与线下连锁平台经营总部合并成为大运营总部，统一了面向前端消费者服务的各项职能，包括市场营销、会员体系、客户服务等。成立商品经营总部，统一采购商品、统一销售定价和供应，针对线上线下的不同消费特点，从商品经营角度去打通线上线下渠道。

组织体系2014年一季度调整完，有一个磨合过程的问题，短时间内对盈利存在影响。

新京报：那2015年，苏宁转型将进入哪个阶段？

张近东：随着互联网技术的快速发展，互联网正在步入到传统行业的核心地带，两者的深度融合将是下一阶段最大的新的增长点。苏宁作为国内率先转型互联网零售的企业，在经过电商阶段、O2O零售阶段以后，正在全面步入全价值链的互联网阶段。

传统商业零售业步入O2O时代

新京报：很多人说，电商的发展并未像想象中的快，对实体零售的冲击也并未像想象中的迅猛，所以老对手国美坚守线下为主的策略，收获了很好的报表数字。你怎么看？

张近东：随着互联网、物联网技术的发展，我们认为未来零售业必须要实现线上线下融合。为此，提出全面转型互联网化。苏宁要走"店商＋电商＋零售服务商"的云商模式，通过互联网的零售、物联网的服务和大数据的管理，打造O2O融合的互联网零售。我们在进行任何战略决策和战略实施时，不能仅仅关注眼前的利益，更要考虑企业长远利益。不论是我们企业的第一次转型，还是目前正在进行的互联网零售转型，我们的一系列举措都是基于企业未来五年、十年发展的需要。

新京报：2014年，京东、阿里先后上市，这两个新对手的上市是否会让苏宁感受到压力？

张近东：同行上市，从竞争角度讲，对手是更强大了，资本实力更强了。但是，长远来讲他们上市对苏宁是好事情。过去我们吃亏的一个原因就是我们是上市公司，如今同行上市，意味着数据会变得更加的透明，竞争手段和方式也必须更加规范，这将为我们创造更加规范、公平的竞争空间。

新京报：O2O概念在过去一年特别火，已经深入人心，还出现了腾讯百度和万达联姻的案例。你怎么看当前中国企业在O2O模式上的探索？

张近东：目前互联网技术面向全行业的渗透已经成为不争的事实，在零售行业尤其突出。伴随着近年来传统零售行业和电商行业在互相竞争中的共同探索，大家几乎一致地认为线上线下融合的O2O模式是零售业发展的未来。可以预见未来零售业也将不再有线上和线下的区别，转而是实体店、PC端、移动端、TV端等多渠道融合的互联网零售模式。

在经历了以连锁经营为代表的实体零售阶段和以电商为代表的虚拟零售阶段后，传统商业零售业正步入虚实结合的O2O时代。这也必将引领中国零售业的第三次变革。

客观来讲，中国乃至全球传统零售业，在互联网的环境下进入了一片全新的领域，目前并没有任何成功的经验可以参照和借鉴。这对于传统零售行业来说，不仅是一种商业模式的转型，更是一次经营管理能力的转型，如何充分地借助互联网技术和深入挖掘用户的购物需求，将成为企业转型突围的关键。

(文／李媛)

董明珠

格力集团董事长。联合国"城市可持续发展宣传大使"。

(图／侯少卿)

我认为行业不可能倒闭,但是企业有可能倒闭,如果你不创新,你一定会被市场淘汰。

不锻炼 再治疗也难逃死亡

董明珠回应与小米董事长雷军的10亿"赌局",称小米和格力之间的可比性并不多。董明珠强调,格力坚持百年企业的梦想,没有必要跟哪个比。

行业没有天花板

新京报:从2014年"十一"开始,空调行业以格力为首开始打价格战,为什么?

董明珠:格力不是在打价格战。格力每年200个亿增长,规模变大的同时,单台利润应该有所减少,去追求规模效应,这个效应应该让市场、社会、股民、消费者都受益。还有一个原因,我们希望能够通过惠民活动,用规模效益和消费者分享,以定频的价格买到变频产品,让中国更快进入全变频时代。

新京报:有人认为格力打价格战,是因为2000亿计划遇到了天花板。

董明珠:谈论格力遭遇销量天花板,已经快有十年了。200亿时说有天花板,1000亿时也说有天花板。一个企业只要有活力,只要坚持诚信共赢的文化,2000亿、3000亿、1万亿都是有可能的。

新京报:价格战背后是否显示了空调行业高速增长已经结束?

董明珠:你们现在看到的是市场空间没有了,但在我眼里这个市场空间很大,需要我们这种产品的地方太多了。我认为,这个行业是没有天花板的,唯一的天花板就是两件事。第一,你带着一种阻力的情绪做企业;第二,你永远依赖别人的技术。

新京报:家电业是制造业一个重要的组成部分,对于2014年制造业,你认为最大的困境是什么?该如何破局?

董明珠：我走到哪里都有人说2014年形势不好，究竟不好在哪儿?我认为行业不可能倒闭，但是企业有可能倒闭，如果你不创新，你一定会被市场淘汰。即使我们呼吁政府给资金支持，但如果你是一个不锻炼的人，别人怎么帮你打针，怎么给你吃药，你也很难抵抗或者逃脱死亡的命运。

而且这不好的背后，我们要看背景。两三年前，由于政策的拉动，盲目地扩大市场预期，比如说原来市场就是5000万到6000万台的销量，评估成1亿台的销量。第二个原因，我觉得我们在运营过程中，不是以一种自律行为在约束自己，可能生产的产品真的不符合消费者所想要的质量标准，说得难听点，有的可能就是偷工减料。

但对2015年来讲，我还是保持着一种乐观的态度，比如大家觉得市场饱和了，但放眼全球，市场有多大！我们不能因为某些企业的变化来否定一个市场或者一个行业。如果想让自己不死，就要加强自身体能建设。

到了进入线上的时候

新京报：格力要在2017年冲刺2000亿，除了依靠空调，其他后劲来自哪里?

董明珠：格力永远会是一个专业化的企业。很多人在寻找多元化和专业化的对比，觉得这个行业利润太少，那个行业赚钱，所以要多元化。格力的多元化，一定是因为我的技术的升级延伸，带来了多元化的机会，这是不同的概念。有的人说多元化肯定是死的，有人说专业化肯定不行，我觉得是企业的文化决定了企业的生存，而不是多元化、专业化。

新京报：2014年你和马云已经开始合作，在2000亿计划中，线上渠道是不是也会成为一个增量?

董明珠：关于线上销售，可能大家认为董明珠是个很守旧的人，愿意在线下，不愿意在线上。什么时候算是进入线上最好的时候？就是我们去选择的时候，不盲目跟进。现在，我觉得可以开始了。但是，我们的线下永远不会放弃，我们不会因为有了线上就守在家里，我们有线下，会走向市场，要有交流。两者有机结合起来是一种最完美的服务。

新京报：2014年你与国美的关系也出现"破冰之旅"，从"对抗"走向合作，还与雷军因商业模式对赌10亿。你怎么看待这些合作者或竞争者？

董明珠：和国美的故事发生在2004年，当时国美擅自降价格力产品。我们在这个问题上坚持自己的原则，撤出国美。现在大家又看到我们合作了，我觉得人不要一棍子打死，不是敌我矛盾，不是你死我活的问题，大家能够达成共识，我觉得是一件非常愉快的事情，为什么不做呢？

关于小米，当然我希望小米做好，能不能做好取决于他自己。但是我相信，格力一定是一个百年企业，一定能走得很好。我们到任何时候都要牢牢记住自己在打地基，所以我没有必要跟哪个去比，我坚持自己百年企业的梦想。

(文／李媛、刘夏)

郭列

25岁,APP"脸萌"创始人。

(图/王嘉宁)

我观察到一个很有趣的趋势,以前是投资人俯视创业者,现在部分投资人已经在仰视创业者了。另一个变化是越来越多的基金愿意投给年轻创业者。

未来：面对面看不见你

林承仁

33岁，APP"无秘"创始人。

（图／王嘉宁）

其实，我觉得想法本身并不值钱，各种各样、奇奇怪怪的想法很多，真正很牛的是把想法做出来，做得非常棒，这里涉及的难度、挑战太多了，还需要很强的执行力。

移动互联网创业：萌萌哒与躲猫猫

"潮流产品大部分是从众的"

郭　列：你之前在全世界最好的互联网公司之一亚马逊工作，为什么想出来创业？

林承仁：创业是骨子里追求自由，我不习惯被固定在条条框框里，喜欢自己发挥解决问题，这样体现的价值更大。

有一阵子朋友圈的头像基本全是"脸萌"，为什么一下子这么火？

郭　列："脸萌"体现了人们对萌的需求，初始用户都是年轻人，尤其是学生，他们分享到朋友圈带动所有人刷屏。所以我们看到一个趋势，潮流产品大部分是从众的，但率先发起的一定是年轻人。

林承仁：这款产品到底哪部分特质触碰到了人们的需求？

郭　列：人们希望参与其中，发挥自己的创造性和个性。此前如果想做漫画类头像，得找人画，自己没法完成；但"脸萌"给出半成品，自己通过拼凑就能完成头像，既满足参与感，也满足人们对"二次元萌"的需求。每个人都希望与众不同，你会发现不同的好朋友拼出的你是不一样的，这个很有意思。拼出好友的"萌脸"送礼，朋友觉得你有付出，这成了人和人之间感情交流的工具。

"严禁点名骂别人、中伤别人"

郭　列：博客、微博等社交产品中，能看到的是意见领袖在发言，但匿名社交不会，这是社交的发展趋势吗？

林承仁：这是我们对产品的定位，希望讨论更真实更有价值。如果用户有身份，就很难做到。一个名人哪怕说一句生日快乐，也会有很多转发，但不意味他说的话有价值。把身份都抛开，大家都是平等的，拥有同样的发言权，好观点就可以浮上来。

郭　列："无秘"为什么会火？

林承仁：在这里，大家把身份都去掉了，平时不方便说的，在这里找到了一个抒发的途径，同时也满足大家对身边秘密的窥探。

郭　列：身边有些人看了"无秘"里的一些内容，会觉得心情好糟，你觉得这个正常吗？

林承仁：我们对负能量的看法可能和一些人有些不同，比如你刚吐槽的这点，"无秘"中有的内容是攻击部门里的同事，我们看来，只要不点名，就不是负能量。这个平台上我们严禁去点名骂别人，中伤别人，挖别人痛苦的事情等，那是违规，违规就会被禁言。

既要追随潮流，也要追逐自己的体验

林承仁：你们现在对产品国际化有计划吗？

郭　列：八月份就开发了国际市场，我们希望团队多一些国际化经验，另外就是对多语言版本研发的尝试。开始还担心外国人不喜欢这种萌的风格，他们可能偏向写实的，后来发现全世界年轻人需求是一样的，图片需求是没有国界的。

林承仁：脸萌的开发完成了，它对于你们团队的价值是什么？

郭　列：我们对用户需求的把握越来越擅长了，知道如何击中用户痛点，研发更方便、更好玩的产品。我们意识到，研发者是否同样是这个需求的目标用户很关键。我们团队有5个88年的，10个90后的，脸萌的所有素材都是他们自己想着画的，结果一画出来就受年轻用户欢迎。

林承仁：我觉得这是当下90后创业者这么受资本市场欢迎的原因。创意必须贴近需求，这和你是否在那个年龄、贴近那个圈子关系很大。做一款学生的社交产品，一个四五十岁的人来设计就很难成功。

郭　列：未来的发展趋势有很多节点，不同节点诞生不同产品，互联网的发展会依据科技发展的浪潮，驾驭这个浪潮，就要接触非常多的新东西，让触角和感受走在前面。所以，创业者既要追随潮流，也要追逐自己的体验。

林承仁：接下来你们会去开发一些新产品，可以透露一下吗？

郭　列：我们发现使用许多用户社交产品时已经越来越不能享受到快乐，一个大而全的产品用户关系非常复杂，发一个状态要非常小心，怕被爸妈等敏感人看到。我们想做一个更加细分的、为年轻人服务的社交产品。

林承仁：所以未来你想从零开始。

郭　列：对，不能被之前的成功束缚。我们现在的新产品就和过往没有关系，最终还是从用户需求出发。我个人喜欢乔布斯，他创造了很多产品，改变了生活，让生活更方便、更好。创造对用户有价值的产品，这是很多创业者的目标。

林承仁：乔布斯也是我的偶像。其实我觉得想法本身并不值钱，各种各样、奇奇怪怪的想法很多，真正很牛的是把想法做出来，做得非常棒，这里涉及的难度、挑战太多了，还需要很强的执行力。所谓创意或创新，其实是给你一个问题，找到一个不常见但更聪明的实现办法，还要用尽可能少的成本达到比较高的效果。

越来越多基金愿投给年轻创业者

林承仁：2014年的融资市场特别好。我想知道你们以什么标准挑投资人？

郭　列：首先希望他可以很好地理解我们，比如我们跟IDG的合伙人谈合作，讲话一半，对方就说，你不用说了，这个我了解了，这种感觉很爽——他懂你。另外，我们考虑投资人的长远眼光，我们希望是纯投资，不干预创意。

我观察到一个很有趣的趋势，以前是投资人俯视创业者，现在部分投资人已经在仰视创业者了。另一个变化是越来越多的基金愿意投给年轻创业者。

林承仁：你说投资者仰视创业者，我认为是2014年资本市场钱比较多，供需关系发生变化。

郭　列：我还观察到，很多投资方几乎不考虑盈利的商业模式。一般爸爸妈妈、传统行业会问怎么赚钱，互联网这个行业一般不问。在这方面，投资方和我们的观念比较一致，只要有持续用户、高频次的使用，以后就会有营销和商业模式。

林承仁：一般做这种风险投资，资金量很大，清算时，投资的项目中有做得好的，就可以达到回报率，一个企业一个月赚几万块、几十万，对投资人实际意义不大，投资人希望你做成大企业，最后上市；另一方面，做社交产品或创意产品，如果没做大，或是2015年产品形态变了，商业模式也要变，所以前期关注商业模式没有太大意义。

（文／范春旭、袁勇）

王跃春

新京报社副社长,总编辑。1994年毕业于武汉大学。参与创办新京报,一直坚守在纸媒。

(图/郭延冰)

媒体的转型首先是人的转型,但转型不是转行,不是抛掉多年的热爱与积累,抛弃付出了很多也成就了自己的平台,为了所谓的"前途"从头开始。

未来：面对面看不见你

(图／郭延冰)

陈菊红

腾讯公司副总裁，腾讯网总编辑。1995年毕业于武汉大学。媒体生涯主要在《南方周末》，2006年加盟腾讯。

转型就要把机制放活，转型不是把报纸放在网上。不要在转型的过程中把擅长的事情给丢了，把目标丢了。

新闻人 一切皆有可能

不抛弃 不放弃

新京报：2014年有个感受是，传统媒体人加速流失，经历过纸媒黄金时代的你们，如何看待这种流失？

陈菊红：我想首先要看他们是不是离开了整个新闻行业。

王跃春：每年有人才流动很正常，但2014年值得关注的是新闻人改行，彻底离开新闻行业，比如去做企业公关。

陈菊红：我想这跟平面媒体的发展趋势有一定关系。整个行业价值变现的压力比较大，这会传递到个人身上。去做公关，挺可惜的。

王跃春：这与大环境持续唱衰传统媒体有关，是这些人对整个行业失望和焦虑的一种表现。看到周围人都在转行，觉得自己不转就会被时代甩到后面。

新京报：怎么做才能把优秀的媒体人留住？

王跃春：互联网时代，媒体转型是必须的，媒体的转型首先是人的转型，但转型不是转行，不是抛掉多年的热爱与积累，抛弃付出了很多也成就了自己的平台，为了所谓的"前途"从头开始。在报纸转型中遇到的最大困惑，其实是人的问题，人的问题首先是信心的问题。也就是说，整个团队有没有信心一道做自己热爱、擅长的事，一起走向那个一开始就认定的目标。不忘初心，信心比黄金更重要。

陈菊红：这个事情有个比较有意思的情况。我们这些年培养了市场化的媒体，产生一批做事件报道、人物报道、领域报道、深度报道的人，他们类型很像。当他们转向新媒体的时候，整个平移过去，发现岗位很难对上。无论对需求来说还是对个人来说，都有重新匹配的问题。

现在面临的是大量人才不能匹配，有冗余了。不是说这些人不优秀，而是媒体介质上出现了供需的问题。如果互联网媒体未来能比较好地解决采访权的问题，供需就会更加平衡。

在稀释中浓缩 在浅薄里深挖

新京报：互联网时代媒体人都有一种焦虑，被更新的东西取代的焦虑，你们有吗？

王跃春：我个人更关注新闻的生死、新闻人的去留。互联网时代，新闻将以什么样的形态、新闻人将以什么样的角色存在。

新闻是这个世界上最不差的职业。打探消息、到现场、找人、提问、思考、写作、编辑，无限接近事实真相，最大限度讲真话；第一时间告诉别人怎么了、为什么、会怎样，这是一个靠着人类好奇心支撑的永恒的职业。

但让人焦虑的是，我们为焦虑本身耗费了太多的时间和精力，人才在流失，新闻人的情怀、追求、专业素养在下滑，新闻报道的水准在下降。

陈菊红：我觉得挺可惜。中国媒体专业化发展的时间比较短，正好又遇上互联网的冲击。海量发布包含了用户直接生产内容的部分，也必然稀释了专业内容。何况这种专业化过程本身还没有完成，缺乏一个整体高水准的行业形成。但互联网对新闻造成的改变已经发生。在生产这部分，当远处发生个爆炸事件，媒体把记者发出去，但发现会有当地人比记者更早到，会描述现场是什么样子。有些信息在深度解读之前，已经不断释放出来，这对记者写作也是个挑战。不会再有人等着你从头说起，扔一个重磅出来。

但类似马航客机失联这样的事件，信息混乱，各方利益复杂，普通民众无法获得关键信息时，专业记者的价值非常重要。

王跃春：现在各种热点层出不穷，每个热点热度1到3天。记者处于疲于奔命的状态。想要从一个大家都察觉不到的切口入手，挖出惊天大案，或推动重大公共服务问题的解决，需要很大的耐心。记者获得成就感没过去那么容易了。

陈菊红：当事情的复杂度超过了一般，飞机突然不见了，分辨能力很重要。作为专业媒体你要更加专业，你的水准要更好。

王跃春：这是体现专业记者价值的机会。专业的积累需要时间。前两天看美国一个报纸主编说："你必须做到无可替代，才能生存。"非常喜欢这句话。

探索新机制，释放新能量

新京报：移动互联网让门户变成了"旧媒体"，报纸等传统媒体是否因为以前的法则不适用，有了更多的机会？

陈菊红：我觉得会更有机会。移动互联时代，个性化媒体产品的需求更迫切。以前，大家都会盯着几个网站头条，但现在移动互联网中大量应用商店里的东西，让我和他的选择更不同。

这种不同被释放出来了。从这个意义上说，原来积累的经验，做好产品、好品质的经验，比如报纸的经验，就会非常有用。

王跃春：对传统媒体来说，在移动互联时代转型，可以考虑在不同领域一个个地去突破。整体的转型因为体制的限制，没办法一下子实现，但可以从项目做起。比如新京报和腾讯网合作的京津冀区域生活门户网站。

传统媒体的新闻理念、核心竞争力和人才，嫁接互联网公司的技术、渠道和产品，一个个地突围出去，自然会在转型中让方向更精确。

陈菊红：对于转型来说，我们也没有在局外。我们昨天做的东西已经是传统的了。转型就要把机制放活，转型不是把报纸放在网上。这个团队做的东西、获得的回报、对新产品的探索，要在一个新的机制里释放能量。

王跃春：对于报纸来说，我们的核心竞争力一个是内容原创能力，一个是广告营销能力，再加上我们累积起来的媒体品牌、资源关系等。

转型成功的标志之一，是这些核心竞争力放到互联网上仍然可以产生价值、可以赢利。

陈菊红：其实转型要靠机制上的打通和建立。我不太赞成传统媒体和网站是对立的关系。比如我们两家合作京津冀网，我们的用户正好可以扩大《新京报》的用户群和传播。《新京报》在内容上的资源，正好可以增加平台的溢价功能。

新京报：你们看重对方的什么？

陈菊红：看重《新京报》的品牌价值和优秀团队。

王跃春：看重对方的技术、渠道及庞大的用户群。另外，传统媒体缺少产品运营意识，而这是对方擅长的。

稀缺与奢侈

新京报：在你看来，互联网时代什么样的内容是最稀缺的？

陈菊红：就是在网络媒体里，同样也需要稀缺内容。需要好的专业的观察和报道。

王跃春：同意。好新闻、好报道就是最核心的稀缺内容，传统媒体的转型离不开这一核心。

陈菊红：稀缺有两种，一种是对于大部分用户来说都是稀缺的。如果每次新闻发生你们都能拿到独家的东西，或者你有一批很牛的人对专业领域有专业的分析，这就是稀缺。

另一种稀缺是相对的。比如《新京报》的书评周刊，对关注它的读者而言很重要，如果接触不到这个渠道，就觉得生活缺很大一块阅读体验的。

王跃春：对媒体而言，持续的独家与独到才是一种稀缺。

陈菊红：一次性的稀缺造不成用户粘度。我每天就信你发的东西，在这个时代这是很难的。也就是所谓的持续性，是不是你的调性？你如何保持水准的一致？

王跃春：我一直有个理想。我相信未来的报纸和书一样，会越做越精，纸质印刷品会成为一种奢侈品。这个奢侈品要靠持续的稀缺支撑，内容如此，制作如此。它所提供的阅读体验，只是在这里才能看得见。

陈菊红：我觉得像书或者纸质阅读本身会带来一种快感，是有价值的。但我们不用太在乎介质本身。有些东西可能放弃掉，去找新的东西包袱会更小一点。

老兵的初心

新京报：现在很多人不愿意谈新闻理想和坚守，作为入行多年的老兵，你们如何看待新闻理想？

陈菊红：新闻理想给新闻产品注入了动力、方向和风格。

王跃春：就像好奇是一切新闻的开始，所谓新闻理想也没那么宏大。有趣、有情、有义、有理，不过如此。我喜欢用"干预社会"来描述新闻的作用，每一点指向进步的干预都是这个职业给予我们的奖赏。

媒体转型是新闻理想的路径，不是结果。不要在转型的过程中把擅长的事情给丢了，把目标丢了。

技术和创意固然重要，但是最独到的永远是匠心。我想起一个故事，我的一位中学校友在美国研究生物学，回国探亲的时候他告诉自己的老师，再有十三四年他将完成一个研究项目，这有助于攻克红斑狼疮。老师问能起多大的作用，他说大概是百分之一的作用，但是大约有五万五千个科学家都在研究攻克红斑狼疮的办法，相信有七八十年，人类一定能够彻底攻克红斑狼疮。

这是我想表达的"理想和坚持的力量"。

新京报：记者会成为像钟表匠那样的手艺人吗？他需要具备怎样的心态？

陈菊红：记者更重要的是有好奇心和探究心。这种对于世界、社会、自然和人类的了解贴近，是他们可以做久的源动力。这建立在这个人的基本职业素养过关的情况下，手艺人的打磨和坚持更是技术层面的事，首先是对于未知的好奇和探究的执著，然后是求证分析及其他能力的训练。

王跃春：最近打动我的是一句话："我们有没有人，在阿尔卑斯山脉里面，下着大雪，静静地做一个小的零部件，做一辈子，做两百年，有没有这个心态？"

新京报：会不会在有些时候，想起自己当年做记者的经历，想到的会是怎样的时刻？

王跃春：经常想起。暗访，深更半夜躲在荒郊野岭，等着黑作坊里的豆腐干、豆腐皮出锅，再一路跟着这些豆制品被运进当地最大的豆制品厂，天亮后，这些"黑豆腐"就以名牌产品的身份摆上当地最大的超市柜台了。暗访过程都忘了，但能想起自己在荒郊野岭守候时的心慌，最激动的时刻其实是害怕——月黑风高、野狗乱叫、随时想逃。

陈菊红：我当初在报纸做编辑的时间更长，至今都经常想起同仁随时就出发的奔波和回来讨论时的场景，以及大家在办公过道里看当期报纸时的击节赞赏，和伴随着赞赏的行业粗话。

新京报：记者节的时候有个问答在网上很流行，如果有一次重新选择的机会，你还会做记者吗？

王跃春：距离我作为"小鲜肉"，从大学校园跨入报社，已过去整整20年了。我人生中最骄傲的也就是这个了：20年只做了一件事，并且是自己喜欢的。所以，我会。

陈菊红：如果问的是当过记者的人在当时那个时点是否还做记者？我的回答：是。因为穿回过去的话，那仍然是我的职业向往。

新京报：还是不断会有新人进入这个行业，想对他们说什么？你们愿意为这些记者提供什么？

陈菊红：一个好记者需要一个可以发挥的土壤。我希望双方的准备和能量释放都恰逢其时。这个世界上，总有通过人的努力去改变的很多领域。让我们一起试试。

王跃春：除了理念和保障，我希望能与团队一起努力，用新技术改造新闻，释放更大的内容生产力。《新京报》已是互联网上最大的新闻内容供应商之一，但我们的原创能量还没有完全释放出来，该做可做的事太多了。一个做事的平台，一个光明的未来，我们愿意提供给爱这行的优秀新闻人。

（文／张寒）

鲁白

曾为美国国立卫生研究院科学家，2009年回国，现为清华大学教授，《赛先生》创始人之一。

（图／郭铁流）

科学也是一种探索，在科学的生态系统中，我们缺少用引人入胜的方式来传播科学知识的手段，所以做赛先生不是简单的科普，而是希望做一个科学传媒。

(图／郭铁流)

姬十三

真名嵇晓华，神经生物学博士，曾做过科普作家，果壳网创始人、CEO。

国内媒体有个习惯，就是要讲求平衡报道。但我觉得，在科学报道上，恰恰是应该把科学共同体的声音放大，因为它足够专业。

"中庸文化"对科学界有害

像侦探小说一样引人入胜

新京报：果壳网创办至今已有四年，赛先生也已经办了好几个月，最初是什么原因促使他们要做这样的尝试？他们又如何看待科学传媒的现状？

鲁　白：之前我被求是基金会邀请主持一场论坛，谈到科学共同体。转基因被妖魔化，导致很多科学家不愿站出来讲话，一说什么话就群起而攻之。但如果以科学共同体的名义，针对老百姓关心的科学问题，比如雾霾、食品安全、转基因，发出有共识的声音，就要比个人出来说话好得多。而科学共同体需要有个平台，就做了赛先生。

姬十三：果壳网都是初出茅庐的年轻人，大家可能有各自的科研背景，但又不想去做研究。国外有很好的科学媒体，但中国没有，我们就想能不能自己来做。新媒体为我们提供了一种方式，让我们发现在科学和媒体之间，我们还能做很多的事情。

鲁　白：整个科学你可以把它看成是一个 enterprise，这里面的核心是科学家，但还需要其他的东西，要有做科学支持的人，包括政府、基金会、社会组织，也包括科学传媒，赛先生和果壳网一样，填补了科学生态里比较薄弱的环节。

我曾经读罗宾库克的书，他做过医生，写过20多本 science fiction（科幻小说）的书，美国很多这类高手作家在书中不会把科学知识写成科普、写成《十万个为什么》，而是写成了引人入胜的故事。

姬十三：已经进入文学范畴了。

鲁　白：侦探小说可以引人入胜，科学也是一种探索，在科学的生态系统中，我们缺少用引人入胜的方式来传播科学知识的手段，所以做"赛先生"不是简单的科普，而是希望做一个科学传媒。

姬十三：纯科普或科学新闻报道这一块，果壳网已经做四年了，但这一块其实离商业还比较远，对我们来说更多是一个兴趣点，很多人问我怎么把科普当作商业去做，对我来说还没找到一个盈利的方式，科普产业化对我来说还太远，它将来应该成为一个产业吗？对我来说还是个问号。

鲁　白：在国外有现成的模式吗？

姬十三：没有现成的模式。

鲁　白：比如说 Discovery Channel（探索频道）。

姬十三：它主要是靠版权，在全球范围卖，这在中国是蛮难的，并且在中国是否能拍出那样的东西？我觉得还有很长的一段路要走。纯文字类的科学媒体，在全球还没有一个成型的案例。

放大专业的声音

新京报：两位都说了，赛先生和果壳网都希望借助新媒体这种新的形式更好地传播科学，要怎么做才能更好地普及科学常识，或者提高公众抵抗谣言的能力？

姬十三：现在想通过一些文章就影响海量受众不太可能。比如"赛先生"现在做的是影响那些有影响力的人，果壳网可能做了很多工作去影响媒体，通过媒体把这些声音放大出去。在美国，谣言传播得就会比较少，因为所有的媒体人看到一件事情要做判断的时候，他会去征询科学共同体的声音，或者去征询专业科学记者的声音。

鲁　白：你讲了一个很好的点。我们说媒体在报道和解读诺贝尔奖的时候，不会去找王石，也不会叫马云，而是一定去找领域内的人，但做转基因的报道时，有的媒体就会去找崔永元，或者找别人。

姬十三：或者找农民。

鲁　白：这就不对了，而是要找比如做植物的，做农业的，找懂转基因的专业人士。我不是批评媒体，而是说媒体还没做到足够专业。一个科学问题比如埃博拉，美国的媒体不会去盯着哪里又死人了，不会单纯追求点击率，而是会找病毒专家、传染病专家、医生，了解他们怎么看，国内的媒体做法还不太一样。

姬十三：国内媒体有个习惯，就是要讲求平衡报道。比如转基因，国内的媒体也会去找科学家，或者也会采访农民，或者采访知名人士，然后在版面上把三方的声音放得同样大。但是我觉得在科学报道上，恰恰是应该把科学共同体的声音放大，因为它足够专业。

鲁　白：这个建议非常好。对于科学报道，为什么不去放大专业人士的声音，而是要追求平衡呢？

姬十三：果壳网有个产品叫科学人，有个专门的编辑团队，报道中国科学家顶级的科研成就，尽量采访到科学家本人，让他的想法原原本本地传递出来。另外，我们还组建科学媒介中心，找一些对科学报道有共识的媒体，在热点事件出现的时候，让科学家的声音不失真地传递出去。我们有一套机制，替科学家对成稿中的表述或措辞去把关。

鲁　白：这个太好了。清华的颜宁教授，解析了葡萄糖转运蛋白的结构，这在世界上是一个很大的突破，但当时采访的记者关注的是这个有什么用，比如治疗癌症，颜宁说也有关系，如果阻断这个结构，不让葡萄糖进去，就能把癌细胞饿死。当天晚上媒体报道一边倒，"饿死癌细胞"。可能她说的另外100句话都比这一句话精彩，但别人都在盯着这一句。颜宁教授很沮丧，她当天晚上就在博客上澄清，因为科学界看到了这个会觉得她不严谨。

先影响网络大V

新京报：科学本身具有极为严谨的性质，但却总有一些争论延续到后来变得越来越不理性，比如这两年关于转基因的讨论，这是什么原因造成的？

姬十三：转基因的话题，在微博上也好，社交媒体上也好，我觉得已经无解了，鲁老师觉得应该怎么去解这个铃呢？

鲁　白：转基因的问题演变到今天已经积重难返了。争论早期，首先科学家没有引起重视，另外没有一个科学共同体敢于站出来说话。政府也有责任，其实政府投了很多钱在做转基因水稻，现在钱投了，东西也做出来了，并且比别人做得好，但在现在的舆论压力下推不出来。

姬十三：这场争论如果刚发生，能有科学共同体出来就比较好办，但今天要解决这个问题可能就不仅是科学共同体了，需要更多人加入这个共同体来解决。

鲁　白：所以现在我们想要做一个事情，通过求是基金会这样的组织或者科学界里比较有影响力的人，来影响一些公众人物，通过科学论证让这些有影响力的人起码不把转基因妖魔化，再通过他们做一些传播的工作。只是现在这个群体也不相信。

姬十三：让这个群体相信，现在也蛮难的。

鲁　白：对，我有做企业老总的朋友送我吃的，都是先说没有转基因。

姬十三：其实之前针对转基因问题的解释做了很多。培养科学思考的能力应该是个很慢的过程，也许需要一代人接受系统的训练，接受科学思维的改变，再去慢慢影响更多人。

鲁　白：现在已经不理性了。

姬十三：观察"挺转""反转"两个阵营也会发现，"挺转"的基本是科学圈的人，"反转"的基本是科学圈以外的人，没法用科学的方法来解决。所以通过影响偶像、网络大V这些有影响力的人，让他们站到科学共同体一边，可能还是个解决的办法。

"用投票代替说话"很可怕

新京报：鲁白曾在美国生活工作了20多年，姬十三曾做过科普作家，对国内科学界有着深刻的理解，在他们眼中，美国的科学界和国内的科学界，在对待科学的问题上有什么区别？

鲁 白：美国的很多科学家首先是为了兴趣，才选择做科学；国内的科学家，有不少是在追求科学带来的利益，有的科学家把影响因子的分数倒背如流，某某杂志多少分，分数够了就能评职称，所以在做文章的时候就想着发表了能得多少分。这种现象和我们国内科研领域的评价体系是有关系的。

姬十三：鲁老师你说过，科学应该成为一种生活方式，我看你也经常拿科学来和体育比较，但体育的好处是，它很容易让公众体验得到，科学如果成为一种生活方式，怎么能够让公众快速地接触到呢？

鲁 白：科学和体育有一些共同的地方，比如说有竞争性，但也有不同，比如说足球，球员倒勾把球踢进了，全场都会"啊"地惊叹，但科学只有在实验室里有了新发现，才只会有少数几个在场的人激动，公众没法体会到。所以我也期待一个大师的出现，像金庸那样，如果科学界的故事能像武侠小说那样去讲，那一定会引起公众的兴趣。

姬十三：前些年一个作者写了本书叫《量子物理史话》，他就把量子力学的历史完全用武侠小说的风格写了一遍，当时卖得非常好。

鲁 白：国内科学家和西方科学家有一点不同，这和我们国家传统的"中庸文化"有关系。我在美国参加过很多次评审，我不会顾忌去批评谁的文章写得不好，因为大家都对事不对人。但在中国不一样，参加评审让大家来讨论这个人，没人讨论，要讨论都说这个人好，但一投票半数人的票都没过，他们用投票代替说话，这个文化很可怕。

讲述背后的故事

新京报：前不久，2014年诺贝尔奖陆续揭晓，"赛先生"和果壳网都在持续关注，你们希望通过这种关注传达什么信息？

姬十三：对于公众来说，诺贝尔奖就像科学领域的奥运会，它是科学界展示给外界最大的品牌，这个时候我们去报道，有助于牵动公众关注科研领域的一些事。

鲁　白：我觉得关注诺奖对公众来说有几个层次。其一，科学应该成为一种国家竞争力，就像足球一样，这代表了一个国家的实力和形象，老百姓需要看到；其二，我们希望用诺奖推动整个社会对科学的关心，所以"赛先生"在关注诺奖时，除了抢时效，更注重幕后的故事，比如化学奖得主之一的 Betzig（埃里克·白兹格，美国科学家），他曾经是失业没有收入的一个人，他得奖的幕后故事就会引起大家的兴趣。不过，"赛先生"在做这些事情的同时也担心，会把崇尚科学变成"应试文化"，好像科学就是为了要得诺奖。

姬十三：就像我们在体育上是竞技强国，但在国民体育的层面还不行。

鲁　白：对。在国内，任何事情能用分数衡量的时候，人们就特别在行。

姬十三：其实我有个疑问，自然科学类的奖项得到的关注可能不是很多。容易被大家理解的奖项，才更会被关注。

鲁　白：在接收科学信息上，可能现代人从媒体上寻找的更多是一种"乐趣"，首先要有故事性，要有人物，所以"赛先生"在这一点上很重视诺奖背后的故事。科学发现经历了什么过程，背后的竞争是什么样的，有些东西是不是靠运气？这里面就有了娱乐性，会让老百姓（产生兴趣）。

（文／贾鹏）